星火文化

沉默之後

為什麼有人會這麼殘酷、好人要受苦？帶你重啟幕府鎖國下的勇氣與救贖

旅日繪本家
許書寧◎著

CONTENTS 目錄

推薦序一

書寧是《沉默》的好導讀

天主教榮休總主教　狄剛

書寧又要出書了！我越來越相信，上主給書寧此生特別的使命就是「寫作」。上主給人什麼使命，必定也給她完成這使命的恩寵。

她生在一個愛閱讀的家庭。父母及她們三姊妹都異常喜歡閱讀。書寧她還有個繪畫的天份，常為自己的書插畫。她的先生是日本人。這兩個家庭她都愛，兩家家人也都很愛她。她愛旅行，常往來日本與台灣之間。她受洗進教後，又喜歡上朝聖。巴勒斯坦地耶穌生死復生升天的聖地，她去過不只一次。這次出版「與沉默相遇」，她的寫作也許可以說：她的寫作已經跨出原生故鄉的領域，進入廣闊的世界，透過世界性的天主教會，進入人類歷史、文化、宗教的大山大海、真真實實的場景中了，本書就是一個很好的見證。

遠藤周作最受好評也最受爭議的兩部代表作，就是《沉默》與《深河》。遠藤生前曾再三叮嚀要把這兩本書放入他的棺材內。而書寧告訴我們，她第一次接觸這兩本書，是在二〇〇七年，她剛剛領受了聖洗那一年。她誠實地明言：「這兩部作品給我的第一印象不佳，更好說是味如嚼蠟。」縱然作家精練的文字能吸引她逐步繼續翻閱，「但是書中好似存在著某種看不見的阻礙」，使她不得其門而入。那次閱讀的經驗「相當不舒服」，但是「印象深刻」。不過，書寧很虛心地告訴我們，她不怪罪遠藤，而認為她是初入教會，信仰還未有該有的深度，未了解作者畢生內化信仰後形成的晚期作品。因此，她將這兩本書束之高閣，使它們隱身書櫥深處，被靜靜地塵封了。

四年之後，書寧有事去長崎，只帶了《聖經》與《沉默》，但已記不得為什麼帶《沉默》，或許是書中故事主要發生在長崎吧。在長崎一週的旅程中，書寧說：「我在本書陪伴下，緩緩走入故事，也走入故事真實的場景中，在藍得刺眼的天空與美得教人落淚的大海，書裡書外的交疊更讓我恍如夢中。這一回，《沉默》毫不保留地敞開大門，將我擁入那滿佈哀愁的字裡行間。」

旅程中的某天午後，書寧在空無一人的本河內天主堂後山上，讀完了《沉默》。她說：「我在深沉的寧靜中，獨處閱讀。我一心追逐著遠藤先生的文字，不知道自己在山上究竟待了多少時間。但是第一次不佳的印象並沒有離開我，在我心不發一語地等候。直到四年後，我對它有了認識。」書寧告訴我們：「那回的長崎之旅，可以說是我與《沉默》的相遇，更是認識遠藤周作的開端。不僅如此，堪稱『基督徒故鄉』的長崎也成了我心目中最美麗的土地之一。藉著《沉默》，我開啟了一段沒有終結的『尋根之旅』，深入，再深入。」

書寧告訴我們：公元一六一二年，德川幕府發布（基督徒禁教令），要求人民每年一次到公所報到，排隊踐踏繪有十字架或耶穌及聖母的畫像，證明自己「非邪教」（非基督徒身分）。開始時，官方使用傳教士留下的紙本聖像畫以供人民唾汙踩踏，後來鑄造銅板浮雕。《沉默》的故事就從一幅古老的「踏繪」開始。

其實，故事早在四百多年前開始。藉著這一幅踏繪，震撼了小說家遠藤周作的創作慾；藉著他的一支筆，使那些被掩埋歷史塵埃深處的人事物，再度現身，而產生了這部作品。

公元一八五八年，江戶幕府與美國簽訂了「日美修好通商條約」，結束了長達兩百多年的日本鎖國政策，迫害教會的政策也在表面上告一段落。一八六五年法國巴黎外方傳教會是已在長崎南山手區建築了日本現存最古老的「大浦天主堂」。南山手區也成了外國僑民集散的住宅區。距天主堂不遠處，有一座老洋房，是初期外人居住的房舍，現名「十六番館」，成了陳列展示長崎觀光物產、有關基督徒以及與外僑貿易的紀念館。遠藤第一次去長崎時，他四十一歲，在這裡他發現了一個銅板的「踏繪」。

他在五年前已經看過幾次「踏繪」，但是，他在重病接受第三次手術前，由一位他已經記不得其名的陌生訪客，得到了一個「踏繪」，是紙版的，這幅「踏繪」的基督臉上，還留著踩踏者腳底黑色油脂痕跡，讓他深切感受到踩踏者內心難以名狀的痛苦，透露出寫作此書的中心思想與感受。

他開始關心那一批「踏繪者」。那一批人是「既無勇氣殉道，又無法真正捨棄信仰的『軟弱者』」。這一批人既受迫害者鄙視，又終身背負著自己軟弱的遺憾。遠藤提出了他的三個疑問：倘若我自己生活在同一時代，是否會伸出腳來去踩？當時會有什麼樣的心情？這一群都是些什麼樣的人？遠藤說他逐漸意識到，唯有藉著文學的力量，才能喚醒那些被政治與歷史因素埋沒在沉默灰燼中的弱者們，讓他們有機會重新活起來，站立、行走，並發出足以被聽見的聲音。

遠藤的三個疑問是對今天的你我所提出的。願意不願意，我們都必須面對人生不停地在生命各種領域中提出的考驗和挑戰。基督的面容也在這些時空際遇中展現，我們要決定踩或不踩。我們流血捨命的機會不多，但仍然是決定我們跟天主的關係「如何」。

主！請堅強我的信仰，

請加熱我對祢的孝愛，
請讓我常確知我的軟弱，
我全心、全靈、全力信靠祢！

推薦序二

書寧的溫度

《宇宙光》編輯柯志淑

認識書寧，得從她的插畫說起

二〇一三年盛夏，作家張曉風老師看了書寧的某本繪本，很喜歡其中一幅插畫，希望能用這張插圖做成卡片，寫寫私人郵件，於是讓我設法連絡出版社，取得作者授權。

一接到老師指派的任務，立馬寫信給出版社，原以為很快就能連絡上作者，誰知電郵環遊世界去避暑，顯然樂不思「淑」。無奈，只好轉向《天主教周報》副總編輯姜捷求救，問問她認不認識該出版社編輯，可否代為轉達。電郵才寄，電話就來：「書寧我認識啊，而且她現在剛好在台灣……」

多麼可愛的周折！一陣欣喜，隨即致電、去信，很快就收到書寧的回音，信中不但寄上原圖，又附上另幅插圖，貼心可人一如電話中的爽朗明快。

就這樣，短短兩個月時間，從一通電話開始，經過數封電郵、幾次碰面，竟意外發展出另一段作者與編輯的美麗情緣。每當回想這段緣起，總要感謝上帝奇妙帶領，當然，更要謝謝無意間當了紅娘的曉風老師。

總愛形容她是一個很有溫度的人

第一次聽我這麼形容，書寧一雙晶亮大眼眨呀眨的，微微揚起的嘴角明顯透出一絲好奇與興味。

那是一種直覺，初識當時就生發的感覺，一開始也說不上來為什麼，但隨著時日遞移，透過她一本本作品、一篇篇文章，以及與她的一次次接觸，越發確定用「溫度」來形容，實在遠比「溫暖」來得更豐富──因為溫度有好多層次，溫暖卻只有一個刻度。

書寧的溫度，透過閱讀，總能教人即使身處最無望的悲傷，也能從她的眼光看見從上而來的曙光；即使日子磕磕碰碰狀況不斷，也能從中體會另類幸福與成長；即使腳踏群山攻頂人生最高峰，也能學會一步一腳印該有的謙卑與並非一切理所應當。

我所認識的書寧，生命基調始終如一，而且簡單，那就是──愛，與尊重。

而尊重，書寧給我的印象尤其深刻，特別是觸及日本禁教鎖國時代的「潛伏基督徒」。

跨越時代的心疼與傾聽

一直以來，只知道日本是福音的硬土，直到透過書寧撰寫遠藤周作與《沉默》的系列專文，才知道基督信仰在日本原來也曾有過輝煌，以及一段不忍回顧的信仰黑暗史。隨著書寧的腳步與思維，進進出出遠藤周作的生命探索之旅，赫然發現，相較於世人備極崇敬的偉烈殉道者，那些無以計數從歷史洪流中消失的潛伏基督徒，其實更是生命底層汨汨脈動的人生縮影。

何謂強者？何謂弱者？我們何嘗不都在不同的事上軟弱呢？誠實面對軟弱，聽見心靈深處的微聲，就是對上帝所造獨一無二的傑作——人，就只是人，而不是強者，或弱者——最大的尊重。

「我或許會因為他們因著歷史因素離開基督信仰而感到悲傷，卻不會因為將他們寫成基督徒就感到心安。」書寧在電郵中寫下的這段話，讓我對她的溫度又有了新的認識，那就是在面對史實的尊重中，同時顯出溫柔接納真相的堅持。

天涯若比鄰的時代新解

在充滿愛的環境中長大，讓書寧的生命總是充滿正向能量。遠藤周作與《沉默》或許沉重，透過書寧的文字與畫面，淡淡哀傷中，總能看見烏雲之上仍有湛湛青天。

或許，「天涯若比鄰」可以再做時代新解，那就是當我們未能親臨另一個時空，就讓作者帶我們再同走一遭吧！

PS. 這篇推薦序，寫來其實有點忐忑，畢竟認識書寧不過才三年兩個月又十二天。收到書寧邀稿信的第一個反應，真的差點沒從椅子上跌下來：

「我？您真是太抬舉我也嚇壞我了！寫推薦序的都是大人物呢！我名不見經傳的，不合適吧！」

「哈哈哈，志淑的反應太可愛了，妳是宇宙光的好朋友呀！好朋友寫序不是很適合嗎？」

書寧的回答更可愛。

是啊，想想，這不就是我所認識、隨事隨在的書寧嗎？好朋友，可不見得都得靠時間累積才算得上數呢！

親愛的，我的生平第一篇推薦序，就獻給妳啦！

推薦序三

信仰中的妥協與讓步

方濟會士　林思川神父

人，總是依循自己的信仰生活。因為，沒有信仰，本身也是一種「信仰」。不過，生活中難免碰到和信仰衝突的時刻，往往必須接受或做出某種妥協。生命中最困難的，大概並不是按照自己的信仰生活，反而是如何在必要的妥協中，還能堅持自己的信仰。耶穌關於舊約的詮釋留給我們一個經典案例。

耶穌堅持婚姻的不可拆散性，經師們質疑這項教導，舉出連梅瑟也許可人寫休書休妻（參閱：《舊約聖經．申命紀》廿四章1節）。耶穌卻回答：「梅瑟是因為你們心硬，才給你們寫下這條法律。」（參閱：《新約聖經．馬爾谷福音》十章5節）這個回答值得深思。表面看來，梅瑟違反天主創造的旨意，因為「天主創造了一男一女」（《舊約聖經．創世紀》一章27節），並命令「人應該離開自己的父母，依附自己的妻子，二人成為一體」（《創世紀》二章23節）。梅瑟的決定真的只是因為男人心硬而已，難道沒有更積極的目的？

古老的猶太社會男尊女卑，被丈夫嫌棄的女人，若是沒有休書，永遠不能離開丈夫的家（參閱：《申》二四1），其命運其實比得到休書更悲慘。她將被遺棄在家中某個角落，只有無盡的孤獨啃噬其殘餘的生命。

因此，耶穌的答覆說明：表面看來，梅瑟的法令和天主的創造旨意相左；然而，梅瑟在天人交戰中做出的這種「讓步」，其實更符合天主憐憫弱小者的心懷。梅瑟命令男人給妻子寫休書，目的並不是建立休妻的合法性，而更是為了拯救被丈夫遺棄的婦女，保障他們成為自由女人的權利，得到重獲新生的可能性。

梅瑟一生忠於對天主的信仰，在面臨暫時沒有更好解決辦法的險峻現實，為了得到當下最好的結果，他能夠非常彈性地達成妥協，做出讓步。而且，不是為鞏固自己的權位，也不是趨炎附勢畏懼強者，而是為了憐恤拯救受苦的弱小者。

* * * * * * * * * * *

日本著名小說家遠藤周作早期的著名小說《沉默》發行數十年，無數的讀者閱讀過這部作品，許多人甚至做出具體的回應。這部小說被拍成電影，即將於二○一六年底上映，是一個顯著的例子。

許書寧小姐也做出一連串的回應，花了相當長的時間旅行、反思、短文、攝影、繪畫，而今集結成一本名為《沉默之後》的新書。她和出版者徐仲秋小姐邀請我為此書寫序。兩人合作出書並非第一次，共同找我寫序亦非頭一遭。

記不得從什麼時候開始，偶而有人會向我提出類似的要求；不過，真正為他人作品寫序好像只有一次。不願意為他人作品寫序，並非惜墨如金，而是單純基於自己對閱讀的感受。自從接受詮釋學的訓練，並反覆操練多種詮釋方法後，便逐漸發現，序文或推薦文都只是一種意見（姑且不論可能暗含於其中的商業目的）。若讀者在閱讀文本之前先讀了這些文章，固然能對閱讀文本有所幫助，但另一方面卻也同時產生阻礙。個人認為，閱讀必須由自己開始，這才是接近文本的最佳方法。

然而，凡有規則，必有例外。我畢竟接受了這次的邀請。並不是由於本書作者和出版者都屬熟識，也不是為了直接推薦這部作品，而是願意和喜好閱讀的朋友們分享個人藉著閱讀《沉默》這部小說，所得到的啟發。他幫助我重新理解福音中關於「梅瑟讓步」的故事，引導我超越表象而更深入地反省信仰中的抉擇。閱讀的確如此有趣，能夠彼此幫忙，閱讀小說也能幫助我們更認識聖經與信仰。

祝福讀者在閱畢許書寧小姐這部作品之後，也得到各自的收穫。

編者按：林思川神父多年來帶領教友前往耶路撒冷聖地、聖方濟故鄉義大利亞西西朝聖，行前與朝聖中培育朝聖者靈修與讀聖經，受惠者多不勝數。

零

與《沉默》的相遇

■　長崎港日暮。

第一次接觸遠藤周作的作品，是在剛領洗的主曆二〇〇七年。當時讀的是《沉默》與《深河》——遠藤周作最受好評也最受爭議的代表作，也是作家於生前再三叮囑要放入自己棺內的兩本書。

老實說，兩部作品給我的第一印象並不佳，更好說是「味如嚼蠟」。遠藤先生精鍊的文字雖然吸引我逐步翻頁，書中卻好似存在著某種看不見的阻礙，硬生生地將我擋在外圍，不得其門而入。當時的閱讀經驗相當不舒服，讓我印象深刻。然而，那樣的感受不該怪罪於書本，卻是因為讀的「人」程度還沒有到。剛進入主內的我對於信仰幾乎一無所知，就好像聖保祿在《希伯來書》中所說「不能吃硬食的嬰孩」，空有一團熱火與滿腔的抱負，卻缺乏實際的信仰體驗，因而帶著某種一廂情願的「潔癖」。遠藤周作以同理心與憐憫

■《沉默》新潮文庫 2015 年珍藏版書封。

書寫的「軟弱主題」讓我深感芒刺在背，對於他畢生內化信仰後成形的晚期作品，也感覺格格不入。

總之，黯淡的第一印象讓我將兩本書束之高閣。《沉默》與《深河》隱身於書櫃深處，安安靜靜地累積塵埃。

第二次閱讀《沉默》，是在四年後的寒冬。我受邀前往長崎擔任好友伊藤家長女的堅振代母，行囊裡僅帶著兩本書：《聖經》與《沉默》。我不太記得自己為什麼帶了《沉默》；或許，單純只是為了書中故事發生在長崎的緣故。總之，為期一週的旅程中，我在書本的陪伴下緩緩走入故事，也走入它的真實場景中。在那裡，有藍得刺眼的天空與美得叫人落淚的大海，書裡書外的交疊更讓我恍如夢中。這一回，《沉默》毫不保留地敞開大門，將我擁入那滿布哀愁的字裡行間。

旅程中的某天午後，我在空無一人的本河內天主堂後山上讀完了《沉默》。

那天的氣溫極低，即將下雪的天空低矮而鐵灰。冰冷的空氣就像一件厚重的大衣，吸滿了濃濃的濕氣，沉甸甸地壓得我幾乎喘不過氣來。我坐在山崖邊的長椅上，面對綿延於腳下的長崎市街，身後則是聖國柏神父留下的露德聖母泉，不間斷地發出帶著透明感的細細水聲。寒風似乎將赤裸的樹梢一併凍結，周遭不聞蟲吟鳥啼，就只有盤旋於天際的隼鷹，不時發出如泣如訴的哀鳴。我在深沉的寧

■ 本河內天主堂後山上的露德聖母泉。

靜中獨處；閱讀期間，偶爾有人氣喘吁吁地上來汲水，卻不造成任何干擾。或許，看在雙方的眼中，彼此就如同背景中的一個小點，是極為自然的存在。我不知道自己究竟在山上待了多久時間，就只是一心追逐遠藤先生的文字。到後來，只覺手套內的指頭逐漸僵硬、失去知覺，連翻頁都顯得困難。讀完之後，我將書本闔上，深深地嘆了一口氣。氣息頓時化為濃濃的白煙，四散著融入周遭的空氣中。

我後知後覺地意識到寒冷，撐起凍僵了的身體，跌跌撞撞地走下山。本河內天主堂的主任司鐸山浦神父一看，大鬆一口氣：「我看妳拿著水瓶上山，怎麼等卻都等不到妳下山，原本很擔心，想上去看看。」

我渾然不覺：「我去了那麼久嗎？」

神父笑著回答：「是啊，尤其是在這麼冷的天氣，就一個隻身前往的朝聖者而言，妳在山上停留的時間，還真不尋常。」

「啊，我在山上讀遠藤周作的《沉默》……」我說：「讀到忘了時間。」

現在回想在山上讀書讀得忘我的傻勁，不免好笑。不過，對我而言，那個閱讀經驗卻極為難忘。剛領洗時，我因不成熟的第一印象否定了《沉默》，它卻一直沒有離開，在我心內不發一語地等候；直到四年後，我重新認識「它」的那一天。

グラバー園内の自由亭からみた
横からの大浦天主堂。
冬と思えないほど木々は青々としていて。
寒空にはトンビがいつまでも円をかいて。
むなしく飛んでいた。
自由亭でコーヒーとカステラをたのんだ。
食べながら絵をかいていた。
かき終わらないうちに。
強い暖房のせいでカステラがパサパサしはじめたので。
あわててちょっと硬くなった残りの一口を完食した。
気がつくと。
コーヒーは既に冷めていた。
絵をかく時の時間の流れ方は違うみたい…
11. Jan. 2011. Nagasaki

■ 長崎大浦天主堂側影速寫。（繪者／許書寧）

那回的長崎之旅，可以說是我與《沉默》的相遇，更是認識遠藤周作的開端。不僅如此，堪稱「基督徒故鄉」的長崎，也成了我心目中最美麗的土地之一。藉著《沉默》，我開始了一段沒有終結的「尋根之旅」，深入，再深入。

遠藤周作曾在作品中提及他的「長崎印象」。

> 造訪一座陌生的城市，有點類似打開一本新書的封面：走進書店，從琳瑯滿目的架上抽出一本書，聞著書頁間的香

■ 日暮時分的長崎港。

氣，快速翻閱。身為小說家，我對書有著某種奇妙的直覺。只要打開第一頁、瀏覽目錄，大致上就能辨別，它將會「對我說話」，或者只是一本完全激不起興趣的書。

滿懷期待地將書本帶回家，開始閱讀。在我眼前，至今一無所知的新世界豁然開朗，四處充滿新鮮的事物。胸口的好奇心鼓脹，隨著翻頁漸漸化為濃厚的興趣。

對我而言，長崎正是那樣的城市。

（摘譯自〈從一幅踏繪開始〉，《基督徒的故鄉》）

有趣的是，當遠藤周作初次造訪長崎時，那地方對他毫無意義；他只是一個不懷任何期待的觀光客，在某位臨時聘請的年輕導遊介紹下，百無聊賴地四處走訪。然而，長崎宛若沉睡的空氣底部，卻暗藏著某種吸引他的存在；那存在並不因他平淡無奇的第一印象而消退，卻安安靜靜地在他內心深處耐心等候，直到重現天日的那一天……

打開一本書，辨別它是否吸引自己的關鍵，在於匆匆瀏覽時邂逅的文字或句子。有時候，光從某個詞句的用法，就能大略掌握作者的思維。

短短的一句話、映入眼中的一個字……倘若將長崎比喻為一本書，書中吸引我的關鍵字，就是那個我在日暮時分偶然撞見的「東西」。那是一幅「踏繪」，無意間映入眼簾的「踏繪」。

（摘譯自〈從一幅踏繪開始〉，《基督徒的故鄉》）

「踏繪」，可以說是日本信仰史上最殘酷的「發明」之一。

主曆一六一二年，德川幕府發布切支丹禁令（基督徒禁教令）。政府為了搜捕基督徒而發布了不少新政策。其中之一就是「踏繪」：要求人民每年一次到公所報到，排隊踐踏十字架或耶穌聖母的畫像，以證明自己的「非邪教」身分。剛開始，官方使用的是傳教士留下的紙本聖像畫，容易破損的圖畫卻「不敷使用」。到後來，政府甚至勒令職工專程鑄造銅板浮雕，以供人民唾汙踩踏……

《沉默》的故事，就從一幅古老的「踏繪」開始。

其實，故事早在四百多年前靜靜地開始。藉著一幅踏繪，翻攪了小說家遠藤周作的好奇心；再藉著他的筆，掘起那些被掩沒於歷史塵埃深處的人事物……

■　《沉默》內文提及踏繪的段落。

壹

黃昏的十六番館

■ 里斯本國立古美術館館藏南蠻屏風，狩野內膳繪。

主曆一八五八年，江戶幕府與美國簽訂《日美修好通商條約》，結束長達兩百多年的鎖國政策。長崎港對外開放後，南山手地區成為外國居民集散的住宅區。直到今天，那裡依舊存有開港時的異國風情。山坡上洋房林立，是旅客不會錯過的觀光勝地。

■ 大浦天主堂。

主曆一八六五年，巴黎外方傳教會在南山手地區的山丘上興建大浦天主堂，是日本現存最古老的教堂。面對天主堂左側有一條名為「祈念坂」的石鋪小坡道，被夾在堂區與佛寺墓所之間，通往山丘頂端的洋房區。有別於已經成為觀光熱點的大浦天主堂，來往於「祈念坂」的人並不多，相當寧靜。小徑上點綴著苔斑與落葉，貓咪們三三兩兩地捲著尾巴臥在古老的墓石上，睡眼惺忪地對著天空猛打哈欠。那條美麗的小路是遠藤周作生前最愛的散步道。他特別喜歡於清晨與傍晚造訪，獨坐在頂端的石階上，遙遙俯瞰腳下的長崎港。

大浦天主堂的另一端不遠處，

■ 祈念坂與貓咪。

■ 遠眺大浦天主堂。

有一座從東山手地區移建的老洋房，名為「十六番館」。我於主曆二〇一一年初造訪時，洋房的大門深鎖，庭院裡的白鐵燈柱倒了一座，其中一個球型燈罩滾落至遠方，燈柱本身則十分落寞地倚在前廊的欄杆上。臺階下方積著落葉，剛下過雪的石鋪地上滲染著一道苔色的汙漬，看來已經許久無人打理。只有一座滿布塵埃的木牌，告知「十六番館」早成過往的身分：展示老家具陶

■ 長崎南山手的十六番館。

瓷、長崎觀光物產、以及切支丹（基督徒）與「南蠻」貿易相關資料的紀念館。

在那裡，遠藤周作邂逅了一幅引發他書寫《沉默》的「踏繪」。

四十一歲那年，遠藤周作初次踏上長崎的土地。

當時，他對長崎的認識幾近於零。在旅館老闆娘的介紹下，租了一部附帶導遊的計程車，前往市區各處觀光。導遊是一位十八、九歲的年輕女孩，為了取悅客人，非常盡職地背誦名勝歷史，有時還會比手劃腳地演唱當地歌謠。然而，抵達大浦天主堂的時候，遠藤周作卻忽然興致全失。他禮貌地辭退導遊與計程車司機，獨自在南山手地區漫步。

上了「祈念坂」瞭望長崎港後，遠藤周作順著另一頭的山道往下走，迎面見到坡上的「十六番館」。當時，館前站著幾個看似畢業旅行中的女高中生。他隨口問：「裡面有什麼？」「明治時代的外國人用過的舊家具和碗盤。」「有趣嗎？」對方很靦腆地搖頭：「不……」

女高中生誠實的反應令遠藤周作莞爾。話說回來，他固然對舊家具碗盤毫無興趣，卻也不想靠近大浦天主堂前人聲鼎沸的喧囂。為了打發時間，還是走進了那座「不有趣」的紀念館。

十六番館是極為典型的明治時代木造洋房。聽說，這一帶就和從前的神戶或橫濱一樣，還保存著幾座上了漆的洋房或泛黑的紅磚建築。

不出所料，館內非常乏味。我打著呵欠，穿過那些小心陳列著品質不佳的老家具與餐具的房間，正準備離開。不期然，在出口附近的小房間裡，某個被擺在玻璃櫃中的黑色方型物品，吸引了我的注意力。

那是踏繪。木框的中央，鑲著一幅以「聖殤」——哀傷的聖母

■ 京都方濟之家的館藏踏繪。

懷抱從十字架上被卸下的耶穌——為主題的銅版浮雕。

在那之前，我已經看過幾次踏繪，當時並非第一次。然而，在那日暮時分的微暗館內，讓我夾雜在出出入入的高中生之間久久無法動彈的，卻不是踏繪本身，而是因為留在木框上的黑色足跡。那些指痕想必不僅出於一人，而是踩上踏繪的許多人所留下的。

（摘譯自〈從一幅踏繪開始〉，《基督徒的故鄉》）

正如作者所述，那並不是他第一次看見踏繪。

五年前，遠藤周作因肺結核復發住院，度過長達三年的療養生活。在那期間，他歷經兩度失敗的手術，被迫接受成功率極低的第三次。正是在那有生命危險的第三回手術前夕，一位訪客帶來了意外的禮物。遠藤夫人順子在《丈夫的習題》一書中，留下當時的記錄。

隔天就是第三次手術的日子了。照例，我在傍晚的休息時間出門購物，回來後卻發現丈夫極為亢奮。我問：「怎麼了？」他告訴我，就在不久前，一位見過卻想不起名字的男士前來探訪，帶來一幅紙本踏繪：「我來讓遠藤先生看看踏繪。」丈夫又說：「基督的臉上，留著踩踏者腳底的黑色油脂痕跡，讓我深切感受到踩踏者所受的痛苦。」（中略）或許，在他見到那幅紙本踏繪的瞬間，腦中已經開始浮現後日書寫《沉默》的高潮片段了。

丈夫自己在書中提及，《沉默》的出發點是在長崎十六番館見到的銅板踏繪，那樣的說法也逐漸在坊間定了型。可是，我至今依然認為，那張不知名訪客帶來的紙本踏繪，才是《沉默》最初的原動力。

（摘譯自〈《沉默》與紙踏繪〉，《丈夫的習題》／遠藤順子著）

無論是手術前見到的紙本也好，或是十六番館邂逅的銅板也罷，當遠藤周作面對踏繪時，關注的總是那被留在上面的黑色足跡。透過那些沉默的印記，作家似乎聽見「既無勇氣殉道，又無法真正捨棄信仰」之軟弱者的哀訴。他們終生背負著「教會的汙點」，又成為迫害者鄙視的對象，在夾縫中掙扎卻遍尋不得立足之地，終究被掩沒在歷史的深處。

那時候，我開始思索一般人應該都會抱持的三個疑問。

首先，倘若自己活在同一時代，是否也伸腳踩了踏繪？其次，留下那些黑色指印的人，究竟懷著什麼樣的心情踩下？最後，踩上踏繪的是怎麼樣的一群人？我逐漸意識到，唯有藉著文學的力量，才能喚醒那些被政治與歷史因素埋沒在沉默灰燼中的弱者們，讓他們有機會重新「活起來」、站立行走、並發出足以被聽見的聲音。對我而言，撰寫那樣的小說是有意義的。

（摘譯自外邦人的苦惱〉，《基督徒的故鄉》）

■ 長崎外海出津紀念館中的踏繪。

貳 沙勿略的種子

■ 耶穌會是天主教的男修會，一五三四年由依納爵（上圖）與沙勿略、法伯爾等人創立於巴黎。

我於主曆一九九九年移居日本，至今已經過了十六個年頭。真正開始接觸當地歷史，或者該說是日本的信仰史，卻是在主曆二〇〇七年領洗之後，過程令我大開眼界。

認識歷史很有意思。過去或許不堪回首，然而，唯有正視被掩埋在地表下的根，才能從中吸取養分，進而滋養未來。表面上看來，那段歷史與我的距離相當遙遠，甚至八竿子打不著；信仰卻讓我明白，世界上沒有一件事不與我息息相關。

日本擁有一段極其特殊的信仰史，認識越深，就越讓我深深感動於天主的豐盈與美意。有了初步了解後，再讀日本天主教作家的諸多作品，別有一番體悟。可惜的是，那些隱藏於書本背後的文化史地等背景環境，很難光憑單純的語言翻譯來傳達。日本雖與臺灣近在咫尺，那塊土地上美麗的信仰史卻鮮為人知。因此，本書固然名為《沉默之後》，卻有必要先談談「沉默之前」。若能在閱讀遠藤周作的原著《沉默》、或觀賞馬丁‧史柯西斯導演拍攝的同名新片前，先對日本的信仰脈絡稍做瞭解，或許更有助益。

■ 出自日本畫師之手的沙勿略肖像，這幅畫在日本的歷史教科書上均可見到。

主曆一五四九年，「東洋的使徒」聖方濟沙勿略在日籍友人彌次郎的引介下，從九州地區的鹿兒島上陸，成為史上第一個踏上日本國土的傳教士。他將日本奉獻給聖母，懇求她特別的保守與護佑。

對於當時的歐洲人而言，日本是一個被迷霧層層包裹的未知國度。透過彌次郎的介紹，沙勿略逐漸明白，在那塊陌生的土地上，並不能直接套用在印度使用過的福傳模式，卻應該從「上」著手，因此做出以下的結論：

■ 沙勿略由下關（即中文所稱之馬關）進入本州之紀念碑。

「日本人的文化教養程度很高，求知慾也極為旺盛。可是，卻不會馬上受洗成為基督徒。相反地，他們會向傳教士提出相當多的問題，看看對方如何回答；同時，也會觀察傳教士自身的生活態度是否符合所宣講的教導。過了一年半載，倘若君王或各地大名率先領洗，百姓便會集體跟進。日本，就是這麼一個講究『道理』的民族。」

當年的日本正值政權轉型的混亂時期。長達一百八十年的室町幕府勢力漸衰，因繼承人問題引發內亂，腐敗不堪。各地梟雄崛起，對大和霸權虎視眈眈。沙勿略原本打算前往首都拜見「日本國王」，取得最高執政領袖的宣教許可；誰知京都在長年的戰火襲捲下荒廢沒落，天皇早已逃之夭夭。沙勿略無功而返，在山口與九州地區建立幾座地方教會後，留下兩位耶穌會傳教士，便隻身帶著四位日本青年返回印度果阿（Goa），隔年於中國上川島辭世。

■ 沙勿略肖像浮雕。

沙勿略在日本度過兩年又兩個月的時間。客觀而言，並未看見任何顯著的福傳成果；然而，福音的種子卻確實經由他的雙手被撒下了。

日本的初期教會中，有一位貢獻極深的平信

徒（日後成為耶穌會士），名叫羅倫佐了齋，原是信奉佛教的盲眼吟遊詩人。有一回，了齋在山口街頭聽見沙勿略的講道，深受感動，便由他手中接受了洗禮。沙勿略離開後，了齋全心投入信仰，在宣講福音上不遺餘力，以其絕佳的口才與個人魅力吸引了許多民眾進入教會。

當時，日本很流行一種名為「宗論」的辯論大會。佛教神道各宗派為了爭取信徒，派出最具辯才的代表，在普羅大眾面前，針對各自的教義公開進行辯論。基督信仰逐漸在京都傳開後，神佛勢力深感威脅。於是，三位篤信佛教的武將公卿聯合舉辦了一場不懷好意的「宗論」，邀請耶穌會傳教士赴會，了齋奉派出席。那場精彩的辯論會一連持續了好幾天。有趣的事，剛開始，三位高官冷嘲熱諷，猛力抨擊基督信仰；了齋卻泰然自若，氣定神閒，不僅冷靜駁斥了對方的惡意攻擊，更有條有理地宣講信仰真理。到最後，三人竟接受基督信仰而領受了洗禮。其中，聖名達理阿的高山飛驒守更邀請了齋來到自己的領土，為妻、兒和屬下施洗，共約一百五十人。達理阿的長子高山右近，日後被譽為「日本教會之柱石」，父子二人均為信仰史上不可或缺的重要支柱。

就這樣，基督信仰宛若野火燎原，以驚人的速度蓬勃發展。沙勿略撒下信仰種子的三十八年後，基督徒的人數已然高達三十萬。當時的日本總人口約為三千萬人，基督信仰的擴展不容小覷。

十六世紀日本福傳的進展之所以如此迅速，除了傳教士的努力及執政者帶頭產生的連鎖效應外，當時的社會背景也是重要原因。

那時期，日本開始進入群雄割據、紛爭不斷的「戰國時代」。留下大量珍貴史料的葡萄牙傳教士弗洛伊斯（Luís Fróis）曾經將當時的日本人描述成「好戰的民族」。因為，舉凡市井小民皆配戴防身武器，人心惶惶，無規可循；在上位者隨時可以擊殺百姓，無須任何理由。當時，日本普遍的價值觀是弱肉強食，適

■ 基督徒的楷模高山右近，許書寧繪圖。

■ 描繪戰國時代傳教士與天主堂風光的南蠻屏風（里斯本美術館藏）

者生存。只要擁有足夠的武力，隨時可能君臣易位，尊卑失序。今日謹守奉行的標準，可能於一夜之間上下顛倒，是非錯亂。在那極度混亂的狀態下，遍尋不著依循準則的百姓好似久旱的乾地，渴求永恆不變的更高秩序。因此，當他們接觸到宛若活泉的基督信仰時，自然如海綿般快速吸收。

除此之外，歐洲貿易引進的槍砲彈藥等經濟效益也相當吸引人。許多地方領袖基於利益考量，極其禮遇隨船而來的傳教士，也一併接受了他們帶入的基督信仰。

基督徒的人數日漸增多，為當時的價值觀注入一股新的活力。主曆一五六六年，曾經發生過一件廣為傳頌的奇談。某兩派軍力交戰時，適逢聖誕節。雙方的基督徒士兵於是自動停戰，一起領受和好聖事並參與子夜及聖誕彌撒。在那之後，更相親相愛地分享食糧，合唱聖歌，暢談關於天主的事。那個不尋常的友愛表現，比起第一次大戰期間的英德「聖誕節休戰」事件，早了將近三百五十年的歲月。

參

風起雲湧

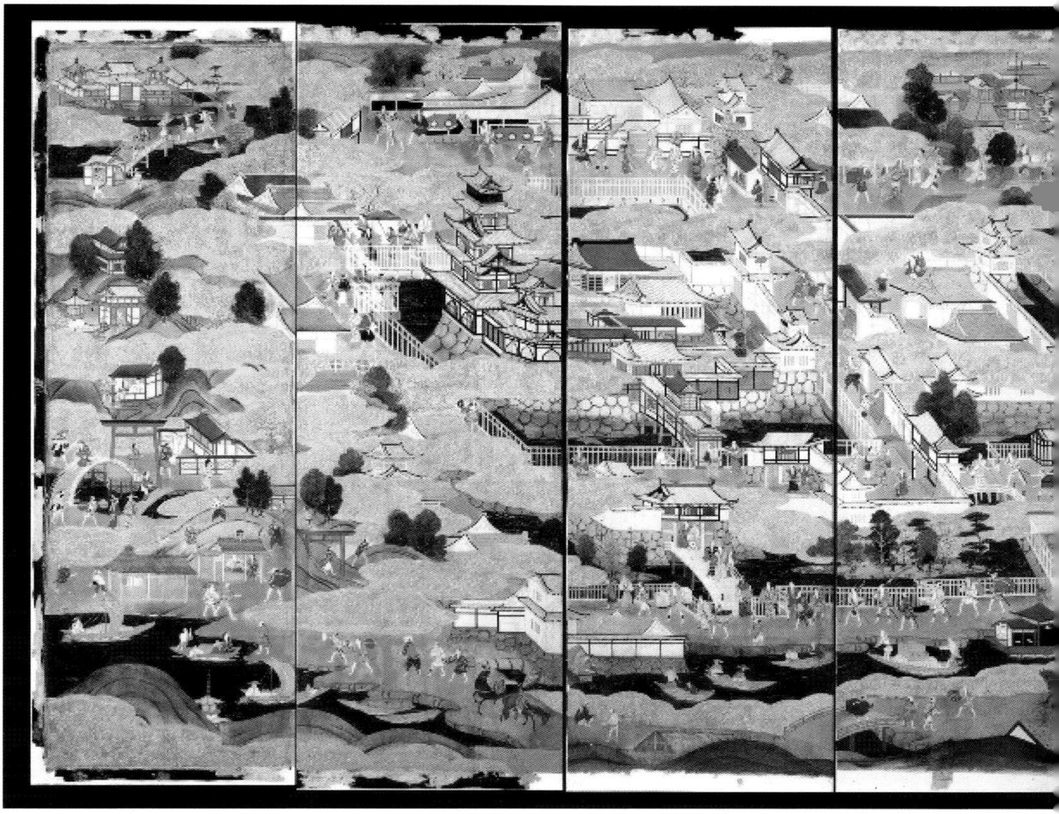

■ 描繪豐臣秀吉時代大阪城的屏風。

■ 織田信長畫像。

十六世紀後期的日本，基督信仰在執政者的保護下迅速成長。

戰國時代三梟雄之一的織田信長，是一位野心勃勃、精力充沛的政治領袖，看重屬下的實力，不拘泥於血統或身分地位。他並不像同時代的保守人士般排斥新知，卻對異國事物充滿好奇。當耶穌會傳教士初次帶來鐘錶、世界地圖、地球儀等新奇禮物時，眾人都嘲笑鄙夷，認為那樣的世界觀荒唐無稽，更無法接受日本只是地圖上一個小點。然而，織田信長卻仔細傾聽，理解後表示認同，覺得「地球是圓的」有道理。他渴求新知，放眼世界，率先使用異國商船引入的槍砲彈藥，也喜愛穿著新穎的歐洲服飾，曾經身披天鵝絨斗篷、頭戴西洋禮帽，邀請天皇參加軍馬檢閱禮，標新立異的作風經常叫世人嘖嘖稱奇。

對於遠從歐洲前來的異國傳教士，織田信長一直保持著開放而友善的態度。他更慷慨賞賜土地給耶穌會的遠東觀察員范禮安神父（Alessandro Valignano），用以興建日本首座培育司鐸的神學校。後日成為二十六殉道聖人之一的保祿三木，就是那座神學校的第一期修生。

主曆一五八二年，發生了一場撼動世局的叛變事件，織田信長以四十九歲之齡猝死於京都本能寺中。在那之後，登上歷史舞台的第二位戰國梟雄，是農民出身的豐臣秀吉。

豐臣秀吉掌權後，原本承襲前任領導者的作風，重用基督徒下屬，也對信仰抱持著友善開放的態度。被譽為「堅不可摧」的大阪城落成時，他曾經熱誠歡迎前來祝賀的傳教士，親自領他們四處參觀，並表達自己的仰慕之情：

「傳教士們只

■ 日本最初的兩所神學校

■ 豐臣秀吉畫像。

為了廣傳信仰，竟然願意千里迢迢地來到日本，不求任何利益或回報。那樣的理念實在太偉大了。」

歡喜之餘，向來以好色聞名的豐臣秀吉甚至心花怒放地開玩笑：

「要是你們的教義不限制人只能娶一個妻子，我早就成為基督徒了！」

不過，豐臣秀吉是一個陰晴不定的政治家。直至後世，史學家依然認為他難以捉摸。

主曆一五八七年夏天，豐臣秀吉親征九州，總算完成一統天下的霸業。他與高采烈地接受耶穌會日本管區副省長柯艾略神父（Gaspar Coelho）的邀請，參觀停泊於博多港的先進歐洲帆船，雙方相談甚歡。沒想到，過沒幾天，豐臣秀吉忽然翻臉不認人，發布「伴天連追放令」（伴天連，即葡萄牙文的padre，意指神父），稱基督信仰為「毒害人心的邪教」，勒令所有外國傳教士於二十天內離開日本。突如其來的禁令不僅針對傳教士，更殃及「日本教會的柱石」高山右近。豐臣秀吉為了收買人心，曾多次派遣使者前去說服勇將高山右近，命他棄絕信仰，只服從自己。右近卻寧死不從：「就算給了我全世界，我也不願意捨棄信仰。」他毅然交出所有的領地與產業，帶著少數幾名隨從，從此走上漫長的流亡之路，直至老死。

豐臣秀吉的「伴天連追放令」，可說是日本信仰史上「迫害時期」的開端。沒有人確知他為什麼忽然改變對基督信仰的友善態度，一舉發布如此激烈的禁令？對於那隱沒於歷史中的真正原因，可說是眾說紛紜。以下是後人推論出來的幾個可能因素：

一、統一日本的大業既已完成，便不再需要歐洲先進槍砲彈藥的協助。隨著基督信仰而來的異國武力反成威脅。

二、豐臣秀吉曾要求柯艾略神父獻上搭載了先進武器的歐洲帆船，卻遭草草敷衍與拒絕。

三、秀吉親征九州時，目睹許

■　「日本教會之柱石」高山右近，許書寧繪圖。

多基督徒將領與士兵血濃於水的友誼。那份「比親兄弟還要團結」的強大凝聚力叫他深感不安。

四、秀吉得知葡萄牙人獵取日本平民，集體販賣至異國當奴隸。

五、傳教士們為了傳揚基督信仰，曾經採取過度激烈的手段，迫害日本當地的其他宗教，引發不滿。

六、秀吉「徵召」各地女性侍寢時，曾被基督徒女子因信仰為由拒絕；再加上秀吉寵愛的侍醫因為痛恨基督徒而屢屢進讒，造成偏見。

話說回來，豐臣秀吉固然一時興起，發布了「伴天連追放令」，卻也沒有真正嚴格執行。為了保有歐洲商船帶來的貿易利益，他對依然滯留於日本國內的傳教士睜一隻眼閉一隻眼。只要對方不進行太明顯的宗教活動，日本官方倒也視而不見。在那之後，依然有異國傳教士前來日本，受洗人數也持續增加。雙方巧妙維持著「檯面下的默契」，小心翼翼地和平共處。

只不過，那個易碎的和平表象並沒有持續多久。十年後，一艘來自西班牙領地呂宋（菲律賓）的商船「斐理伯號」遭遇海難，被迫停泊於日本四國的港灣，間接引發了一連串事件，終為日本的殉道史揭開序幕……

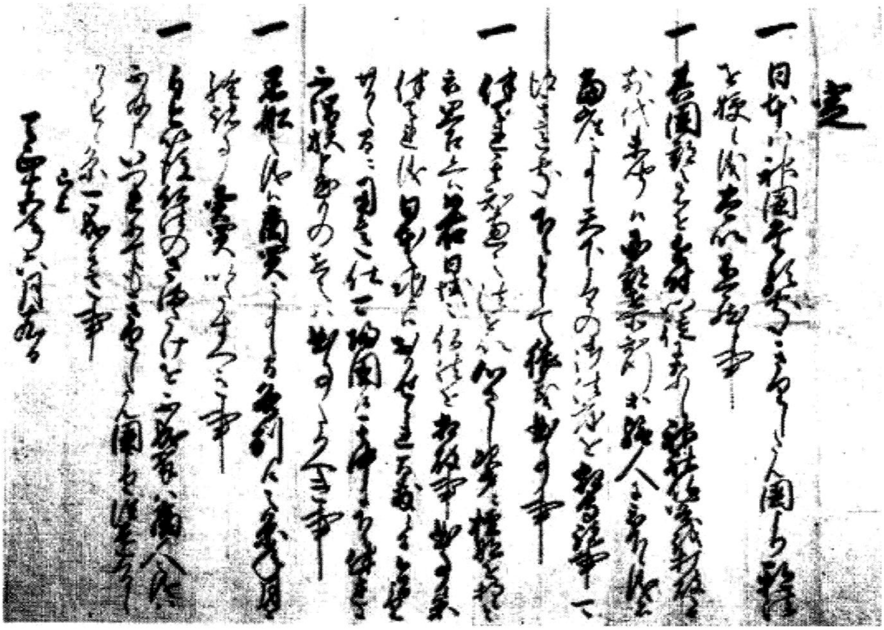

■ 豐臣秀吉頒布的伴天連追放令。

肆　通往長崎的道路

■ 長崎的街景～路面電車。

主曆一五九六年十月，西班牙商船「斐理伯號」慘遭颶風襲擊，被迫擱淺於日本土佐岸邊，也就是今天的四國高知縣一帶。

當時，船身已有多處龜裂，海水由四面八方滲入，眼看就要下沉。船員氣急敗壞地划著小艇，搶救囤積於船艙內的貴重貨品。海岸頓時成了炫目的「金銀島」，一望無際的白沙上散亂著綾羅綢緞、刺繡毛氈、閃耀著珍珠光澤的蠶絲、罕見的南洋香料、貴重的松脂蜜蠟、精美的玻璃陶瓷器皿、槍砲彈藥、以及尚未加工的銅鐵……叫樸實的土佐村民

■　二十六聖人的相關書籍不勝枚舉。

■ 京都岩上通～方濟會最早的聖堂與修院遺址。

看得眼花撩亂，蔚為奇觀。

面對「自己送上門」的財富，日本官員無不動心，堅持沒收所有商品。船長當然不願意，雙方於是僵持不下。最後，某位船員沉不住氣，攤開世界地圖大聲威脅：

「這裡，這裡，還有這裡，都是西班牙的殖民地！而日本呢，就只是這麼一個小點而已。每到一個新的土地，我國的國王總會先派遣神父修士們前去傳布基督信仰。如果當地人友善對待，我們也會與之保持良好的友誼。相反地，如果他們遭人欺負……國王可會派遣大軍，一舉殲滅！」

■ 二十六聖人的出發點～京都一条戻橋。

那番狂妄的恐嚇傳到當權者豐臣秀吉的耳中，令他怒不可抑。因為，「斐理伯號」雖是商船，卻也的確搭載了兩名方濟會士與不少武器。秀吉遂於主曆一五九六年十二月八日，下令逮捕京都大阪地區以方濟會士為主的基督徒。

逮捕名單上的基督徒共有二十四名。其中包括以伯多祿神父為首的六名方濟會小兄弟與三名耶穌會士，其餘則多半是在醫院與修道院工作的在俗方濟會成員。首先，他們被押至京都人來人往的大道「一条通」的戻橋附近，當眾削去耳垂，然後被兩個兩個反綁上牛車，在繁華的京都與大阪地區遊行示眾。

在那之後，豐臣秀吉為了殺雞儆猴，命官兵一路押解眾人，徒步前往基督徒人口最多的長崎受死。從京都到長崎，是將近一千公里的漫漫長路；當時正值隆冬，狂風暴雪讓人寸步難行，他們卻因自己能仿效耶穌走上苦路而喜樂非常。素以口才聞名的耶穌會士三木保祿一路宣講福音，直至十字架上的最後一刻。

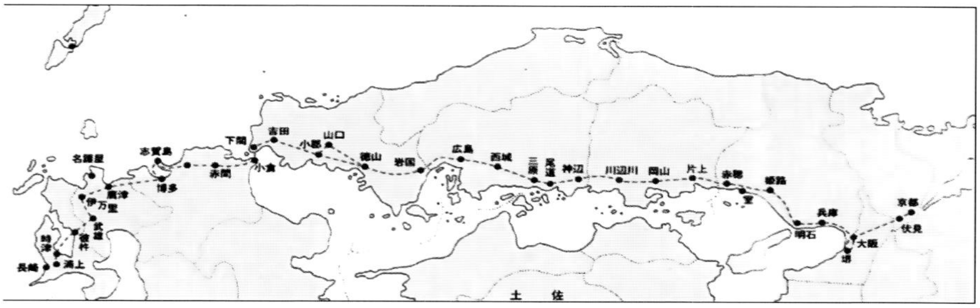

■ 從京都到長崎的路途。

途中，兩名沿路跟隨照料的基督徒自願加入，最終殉道人數遂成了二十六名。

值得一提的是，殉道者的行列中有三名男孩，分別為信仰做了可敬的見證：

十二歲的茨木路易聰明活潑，個性開朗。長崎的代理行政官很喜愛他，曾經有意釋放，條件卻是「要活命，就得拋棄你的信仰！」小路易堅持不肯：「那樣的話，我寧願和神父們一起進天國。」

十三歲的安多尼出身長

■《日本二十六聖人～通往長崎之路》地圖集內頁。

崎，父親是中國人木匠，母親則是日本人。在故鄉的十字架上，男孩安多尼隔著圍欄與久違的父母重逢。他以微笑安慰痛哭的雙親，並邀請小路易齊唱聖詠，直至長矛貫穿胸膛。

十四歲的小崎多默與父親一起被逮捕。他曾在旅途中寫了一封給母親的遺書，卻一直苦無機會寄出。最後，人們在小崎父親的胸襟內找到那封染血的遺書，信中諄諄囑咐母親與幼弟們堅守信仰，無須為自己與父親擔憂，並相約天國再見。

聖ルドビコ茨木

ルドビコさまは　十二歳
耳をそがれて　しばられて
歩む千キロ　雪のみち
小さい足あと　血がにじむ
ルドビコさまが　にっこりと
笑ってやりを　受けたとき
西坂丘の　夕映に
ほろりと散った　梅の花

画　舟越　保武
詩　永井　隆

（日本二十六聖人記念館　長崎）

■ 小路易的紀念書籤。

主曆一五九七年二月五日清晨，一行人抵達長崎西坂。

面海的矮丘上豎立起二十六座十字架。殉道者被綑綁上架後，祈禱聲中，行刑人手持銳利的長矛，由兩邊交叉著刺穿他們的胸膛……就這樣，長崎西坂的土地，默默承受了日本第一批殉道者的鮮血。

雕刻家舟越保武先生為二十六殉道聖人製作了等身大小的青銅塑像，依照各人十字架的排列順序，横列在御影石台座上。那座位於西坂紀念公園、高五・五八公

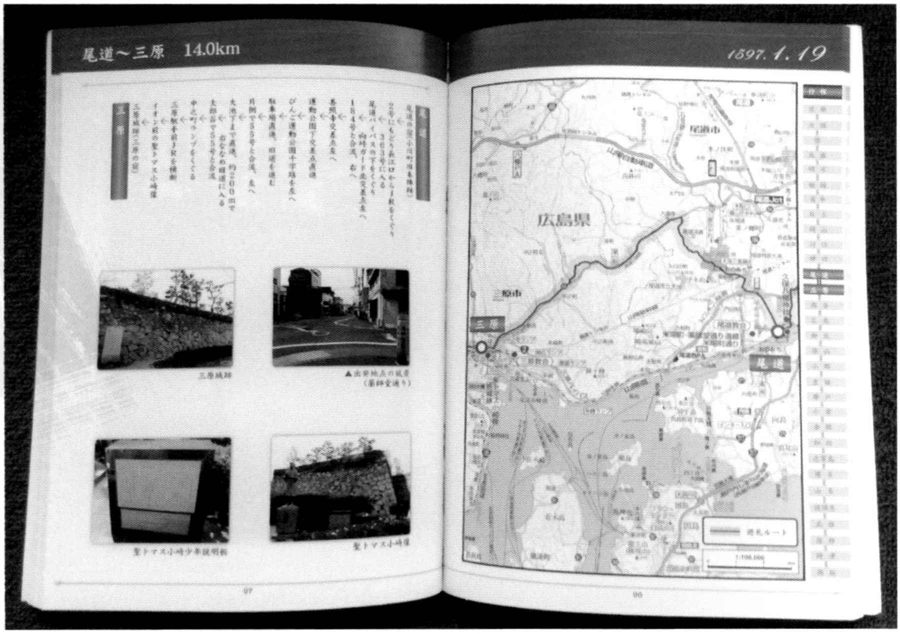

■ 《日本二十六聖人～通往長崎之路》地圖集內頁。

尺、寬十七公尺的巨大紀念碑，已經成了長崎的代表性地標。在那裡，永遠有來自世界各地的朝聖者，以各自的語言奉獻祈禱。

日本主教團於主曆二〇一三年出版了一部工具書《日本二十六聖人～通往長崎之路》，詳細考察四百多年前的古道，推敲出二十六人可能經過的途徑，再附上詳盡而大量的地圖、說明與相片等資訊，是一本極具實用性的朝聖地圖集。此書之所以誕生，完全是因應讀者的需求。因為直至今天，還有許多人懷著仰慕之情，渴

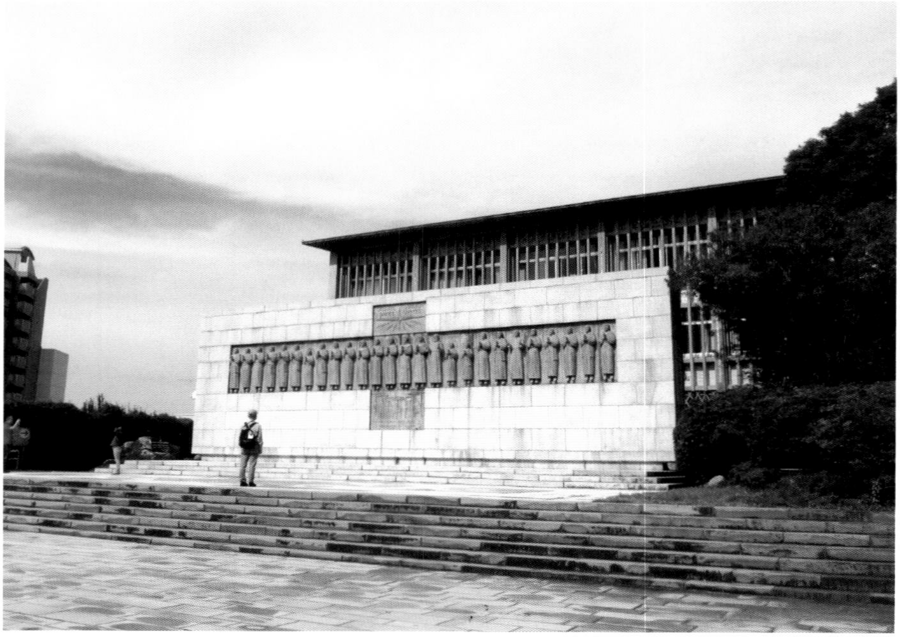

■ 舟越保武雕塑的巨大紀念碑。

■ 長崎二十六殉道聖人紀念碑細部。

■ 長崎二十六殉道聖人局部。

望親自走一遭「二十六聖人的苦路」。我的好朋友山口女士，就曾經拖著行動不便的雙腿，從京都緩緩步行至長崎西坂。

「當我一個人走夜路時，經常被警察攔下來臨檢：『這麼晚了，妳一個單身女子，究竟在做什麼？』我告訴他們，自己正在走二十六殉道聖人走過的路。對方聽了，總會露出一臉莫名其妙的表情，大概認為我瘋了。」

山口女士分享自己的旅程時，臉上帶著宛如秋日晴空的爽朗笑容，教我記憶猶新。

四百多年前，曾經有二十六個步履蹣跚卻喜形於色的身影，走在通往長崎的道路上。當時，圍觀的群眾中，肯定也有人認為他們「瘋了」。然而，殉道者的眼目卻不看稍縱即逝的世界，只專心注視即將進入的永恆。

■　《日本二十六聖人～通往長崎之路》地圖集。

「為義而受迫害的人是有福的，因為天國是他們的。」

（《瑪竇福音》五章10節）

他們歡喜踴躍。

因為，那「在天上的賞報」，

透過主耶穌的口，已經被賜下了。

■ 長崎西坂二十六聖人紀念碑。

伍

踩上踏繪的弱者

■ 長崎大浦天主堂。

日本二十六聖人殉道後隔年，豐臣秀吉以六十三歲之齡辭世。政權逐漸從大阪的豐臣家，轉移至以江戶（東京）為據點的德川家康手中。在那期間，被迫害的教會得到了暫時的解放。因為，德川家康為了鞏固新政權，無暇顧及信仰問題，遂對基督徒採取睜一隻眼閉一隻眼的放任態度。然而，江戶幕府的根基一旦穩固，日益增多的基督徒便成了難以忽視的威脅，是必須即早「解決」的問題。

主曆一六一四年一月二十四日，德川家康頒布「禁教令」，正式禁止傳佈「邪宗」基督信仰，並下令驅逐所有的外國傳教士及具有影響力的主要基督徒，不准他們再踏上日本的土地。

■ 寫給中國商船的禁教須知（大浦天主堂藏）。

根據耶穌會的記錄，當年政府借來驅逐基督徒的，是三艘破舊的小型中國戎客船。乘客人數遠超過船隻本身的負荷量，卻被勉強塞入狹窄的船艙，宛如貨物。有人向官方負責人申述超載的不適與危險性，卻遭怒斥駁回：

「船內太擠？把女人和小孩用繩子綁好吊在船外，不就解決啦？」

當時，有一群外國傳教士懷抱著殉道的決心，選擇留下。他們分別是二十七位耶穌會士、七位方濟會士、七位道明會士、一位奧斯定會士、以及五位教區神父。這群人白天隱藏在信眾家中，晚上則偽裝成農民，暗中走訪各家，施行聖事，照顧無依無靠的羊群。《沉默》書中的耶穌會士克里斯多．費雷拉（Cristóvão Ferreira，電影版本由連恩．尼遜飾演），正是偷偷留下的外國傳教士之一。

在那之後，日本正式進入大迫害與殉道的苦難時期。十字架倒下了，教堂被夷為平地，傳教士辛苦建立的醫院和收容所也被毫不留情地拆毀。政府開始全面搜捕「邪教徒」，以極刑逼迫他們棄教。基督徒被迫在信仰與迫害、生命與死亡之間作抉擇。信仰則漸漸潛入地下，在官兵眼目所不及之處，安安靜靜地往下扎根。

為了斬草除根，德川幕府發明了許多搜捕信徒的「招式」，且日日新益新，不斷進化。首先，在人來人往的鬧區豎立起「告密價目表」，明文規定告發神父可

■ 切支丹審問圖（大浦天主堂藏）。

獲賞銀三十兩；那個價位後來甚至逐步漲至五百兩，檢舉對象也蔓延至修道士、平信徒、以及收留庇護或知而不報的一般老百姓。其次，村里鄉鄰施行牽一髮動全身的「連坐法」，將民眾分為五人小組，互相監視掌控。除此之外，所有人都必須隸屬於寺廟管轄，每年繳交蓋有廟方認證印的戶口名簿。

主曆一六二六年起，幕府開始強制執行「踏繪」制度。

起初，只有棄教者被要求踩踏刻有十字架或耶穌、瑪利亞的聖像畫，好證實其棄教的決心；後來則漸漸演變為過濾出基督徒的全民例行公事。每年正月，所有百姓均須前往地方單位，輪流踩踏「踏

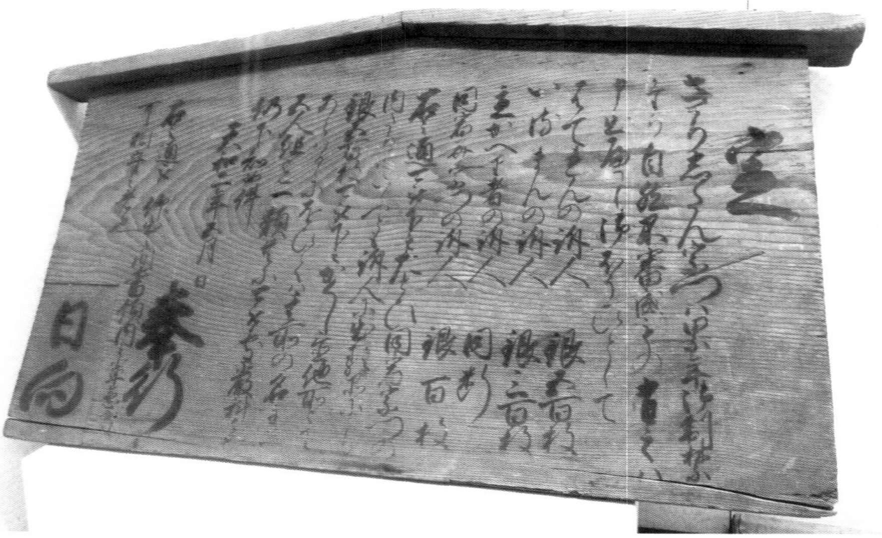

■ 收藏於長崎大浦天主堂的晚期「告密價目表」。

繪」，以證實自己不屬邪宗的清白身分。那個殘酷的制度在鎖國時期的日本持續了兩百多年，惡名甚至藉著荷蘭商船遠達歐洲。文學名著《格列佛遊記》就曾經描述，當格列佛遭遇船難漂流至日本時，懇求皇帝讓他免受那個「踩踏十字架」的儀式。

前文已述，遠藤周作在長崎邂逅了一幅鑲在木框內的銅板「踏繪」，被留在上面的黑色足跡深深吸引。在那之後，他開始關注那些「曾經踩上踏繪的弱者」，與好友三浦朱門定期前往位於東京的上智大學，求教於專研切支丹（意指迫害時期的基督徒）的歷史學家切希利克神父。

■ 立於上智大學的聖方濟・沙勿略雕像。該校創立於 1913 年，其歷史可上溯方濟・沙勿略 1549 年登陸九州的鹿兒島，當時即有在日本創辦大學的宏圖，然而幕府鎖國使得創校延宕四百年。

對於這兩位孜孜不倦卻將研究重心放在棄教者身上的學生，神父頗感疑惑。

「究竟為什麼？」有一天，切希利克教授苦笑著問我們：「你們怎麼會對棄教者如此感興趣？」

我笑了笑，沒有回答。答案卻幾乎脫口而出：「因為……我是小說家。此外，我感覺自己和那些人……極為相近。」

（摘譯自〈從一幅踏繪開始〉，《基督徒的故鄉》）

在上智大學求教期間，遠藤周作閱讀了大量相關書籍。涉獵越深，卻越令他感到不滿。因為，被記錄成文字而留

■ 踏繪（複製品／大浦天主堂藏）。

下的，只有自始至終秉持信念的模範殉道者；至於那些被迫踩上踏繪、從此背負「背叛者」汙名的弱者，卻像從未活過一般，被掩沒在歷史的灰燼中。他們不僅在信仰史上無影無蹤，也被日本的官方歷史棄之如敝屣，絕口不提。

極為匱乏的史料與斷簡殘篇，反而刺激了小說家遠藤周作的想像力。於是，他選出四位具代表性的棄教者，繼續深入研究。其中兩名踩了踏繪的司鐸，是來自葡萄牙與義大利的耶穌會傳教士：克里斯多．費雷拉與若瑟．佳蘭（Giuseppe Chiara），也就是日後被遠藤周作作為原型、寫入《沉默》書中的費雷拉與洛特里哥。

寫完《沉默》後，我來到久違的長崎，站在傳教士們曾經搭船前往小島的海岸邊，重新摸索想像，當初費雷拉與若瑟．佳蘭究竟懷抱著怎麼樣的決意來到這裡？又曾經帶著什麼樣的心思想念故鄉？就算是今天，費雷拉往東方航行的出發點里斯本與若瑟佳蘭誕生的西西里島，距離我眼前這面汪洋大海，也顯得太過遙遠。（摘譯自〈沉默〉從踏繪出發的想像〉，《切支丹時代》）

陸

費雷拉的故事

■ 長崎～坂道與貓咪特別多的城市。

遠藤周作的《沉默》，用以下的開場白揭開了故事的序幕：

羅馬天主教會接獲一則報告。耶穌會的葡萄牙管區派往日本的司鐸克里斯多．費雷拉，在長崎遭受「穴吊」之刑拷問，最終宣言棄教。這位教父在日本的時間長達二十餘年，擔任「省區會長」之高層重職，可說是統帥當地司祭與信徒的長老。

他擁有極為罕見的神學才能，即使在迫害期間，依然潛伏於京城一帶傳布福音。他的信件中，永遠洋溢著不屈不撓的堅強信念。無論發生了甚麼事，都叫人難以想像如此人物會背叛教會。因此，許多人認為，那則報告可能只是誤傳，或是荷蘭的異教徒或日本人擅自捏造的。

（摘譯自《沉默》／遠藤周作）

主曆一五八〇年，克里斯多．費雷拉（Cristóvão Ferreira）誕生於葡萄牙的濟布雷拉（Zibreira）、距離首都里斯本約一百公里遠的小村莊。父親名為道明．費雷拉，母親則是瑪利亞．樂倫。至於費雷拉家族的社會階層或職業，並沒有留下任何記錄。

克里斯多於十六歲那年進入耶穌會，在那之後，與其他修生一起接受派遣遠赴東洋。從現有的史料中，我們無從得知他離開葡萄牙的確切年份；卻有一份記錄證明，二十三歲的費雷拉已是澳門的神學生。

我們可以推斷，他與其他神學生接獲赴東洋傳教指令、由里斯本出發時，約為二十一歲上下。當時若想前往澳門，至少得花上一年多的航程。因此，我認為他出發時應該只有二十一歲。

（摘譯自〈費雷拉（澤野忠庵）〉，《切支丹時代》／遠藤周作）

就學的五年期間，他在澳門領受了司鐸聖職並舉行首祭。二十九歲那年，終於踏上被派遣的最終目的地日本。

日本當時正值德川幕府第二代將軍秀忠執政的時代，各地雖然不時發生宗教迫害，但相較於後期的恐怖鎮壓，局勢還算和緩。費雷拉往返於九州與近畿一帶，主要的牧靈工作為向日本的知識階級講授要理。據說，他的日文十分流暢。

主曆一六一四年，德川家康頒布「禁教令」，驅逐所有外國傳教士，以及像高山右近等具有影響力的基督徒領袖。當時，包括費雷拉在內的一群傳教士不忍心拋棄孤苦無依的羊群，決意留下，藏身於信徒家中。在迫害愈演愈烈的當下，那樣的決定幾乎就等同於殉道。

■ 復原後的荷蘭商館，位於長崎的出島。

三年後，耶穌會士費雷拉許下了終身願，繼續遊走於今天的京都郊區、兵庫縣以及四國一帶，照顧受迫害的基督徒，並不間斷地寫信報告日本的現況。他也曾經前往九州平戶，更在長崎擔任管區顧問之職。費雷拉的牧靈足跡，可在法國駐清廷館員兼日本史學家Léon Pagès的著作中略見端倪：「**充滿恩寵與稀世才能的費雷拉神父前往平戶，聽了一千三百人的告解，眾人視他好似天使。夜晚，他漫步於海邊，執行照顧人靈的任務。**」當時，不僅在日本國內，就連海外的信徒都一致堅信，就算費雷拉神父當真被捕，一定也會從容殉道。

此地在費雷拉造訪稍後若干年，曾是鄭成功與母親度過童年的港市。鄭成功一六二四年生於肥前國平戶島，六歲時被父親鄭芝龍接到福建。

主曆一六三三年十

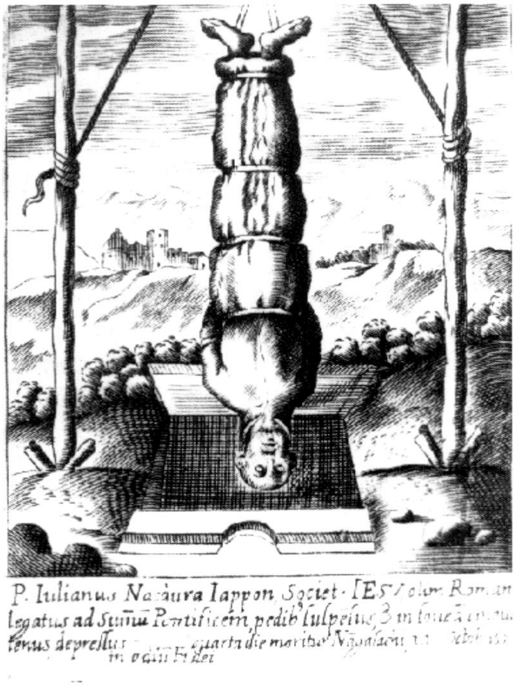

■ 穴吊之刑。

月十八日，費雷拉在長崎接受「穴吊」的刑罰，因而棄教。

在那之前，既有的刑罰固然殘酷，卻堪稱「原始」：火燒、刀砍、水淹、或直接丟入滾燙的溫泉中。然而，新發明的「穴吊」卻截然不同。受刑者被五花大綁後，倒吊進一個幾乎與身體等寬的狹窄洞穴中，底部堆積著排泄物，以致於洞中滿布異臭。逆流的血液從口、耳、鼻、或被穿了孔的臉部小穴中逐漸滲出，不僅延長被吊者的性命，更加深刑罰帶來的苦痛，使之意識混亂，求生不得，求死不能。

當時，負責宗教事務的

■ 長崎歷史文化博物館內復原之奉行所，包括費雷拉在內的宗教審問幾乎都在此舉行。

政府官是新上任的井上筑後守。不同於前任官員竹中采女，井上認為嚴刑拷打乃是下下之策，唯獨配合狡獪的心理學，步步誘導冥頑不靈的基督徒棄教，才是真正「有效」的迫害。事實上也證明，肉體上的折磨只會帶來反效果，更加鞏固基督徒殉道的決心。多年後，井上在留給繼任者的交接信中寫道：「不應偏好或依賴嚴刑拷打。就算麻煩，也該盡量穿鑿附會，詳細記錄口供，嘗試各種新方式，耐心誘導……唯有在用盡一

■ 荷蘭商船模型。

切方法而無成效時，才好使用嚴刑。」對於井上而言，邪惡至極的「穴吊」之刑正是「最後手段」。由此，我們不難想像，費雷拉在接受「穴吊」之前，已然受過多少精神與肉體上的折磨。

費雷拉的「穴吊」整整延續了五個時辰。刑罰剛開始時，正好有一艘荷蘭商船出海，將他被捕與受刑的消息帶往歐洲。基於以往的既有印象，歐洲人一廂情願地相信費雷拉唯一的結局就是光榮殉道。三年後，正確的報告才輾

■ 復原後的長崎出島荷蘭商館。

■ 荷蘭商館內印有荷屬東印度公司印記之大砲。

轉傳回歐洲；耶穌會因此大失所望，不但正式開除他的教籍，從此更對那「汙點」絕口不提。

從洞穴被放出來後，五十三歲的費雷拉已不再是天使般的傳教士。他被迫繼承了某個死刑囚的姓名與妻子，從此成為棄教者「澤野忠庵」。忠庵在迫害者手下擔任翻譯官，不斷否定自己一向深信不疑的存在，幫忙勸誘被捕的基督徒棄教，直至生命的末刻。

每次造訪荷蘭商館的遺跡，我總會想起此地曾經印過他的足跡，因而感到胸口酸苦。對他而言，那樣的工作應該是最極端的屈辱。他究竟懷抱著怎麼樣的心境完成任務？在這裡，他所做的每一件事，都一再背叛自己曾經堅信不移、並賴以生活的存在。

或許，我會將那場面放入作品的最後一章。

（摘譯自〈日記〜探尋費雷拉的身影〉，《基督徒的故鄉》／遠藤周作）

柒

「拯救費雷拉」的兩批人

■ 雨中的長崎外海。

費雷拉神父棄教的消息傳回歐洲後，掀起了一場軒然大波。鑑於他過去的輝煌功績，許多人不願意相信，並懷疑起消息的真偽。

遠藤周作在《沉默》中描寫，有三名曾經受教於費雷拉的年輕葡萄牙耶穌會士，無論如何都不肯相信恩師會「在異教徒前搖尾乞憐」。為了證實老師的清白，他們再三懇求長上許可，讓他們親自赴日尋找真相。其中，洛特里哥神父正是貫穿《沉默》一書的主角。

正如費雷拉是真實的歷史人物，這位洛特里哥也真有其人。

主曆一六四二年，以路比諾神父為首的數名耶穌會司鐸，決意「向費雷拉神父伸出救援之手；再不然，至少藉著證實他的殉道，洗刷這位大前輩的棄教汙名」。那群熱血澎湃的救援者分成前後兩批，從馬尼拉乘船前往日本。第一批成員為包括路比諾在內的五位神父以及三名自願參加的平信徒，第二批則是四位神父與一名日籍修道士。第二批救援隊中，有一位出身義大利西西里島的若瑟·佳蘭神父（Giuseppe Chiara），即為《沉默》中洛特里哥的模特兒。

路比諾神父帶領的第一批救援團以援助臺灣雞籠之戰的名義出發，假扮成中國人，偷渡進入日本九州的小島。他們跪在海岸邊親吻大地，卻馬上被發現並逮捕，押送至長崎。

在長崎受審的時候，他們終於見到旅程的動機——費雷拉神父。諷刺的是，站在他們眼前的，卻已經不再是那位耶穌會的傳奇人物，而是負責翻譯的「背教者澤野忠庵」。

隔天，宗教事務官下令將他們押解出來，背教者費雷拉擔任翻譯。路比諾神父代表眾人作答，義正詞嚴地述說了自己的信仰。同時，他更以極為殘酷的言詞斥責不幸的費雷拉，以致於費雷拉不得不退避離去。

（摘譯自《日本切支丹宗門史》下卷第九章／Léon Pagès 著）

■ 從另一處遠眺遠藤周作設定為洛特里哥抵達日本之後的藏身處。

對於這場相遇，史學家只以「費雷拉不得不退避離去」輕描淡寫地帶過。然而，隱藏在字裡行間的畫面，卻充滿了苦澀的張力。當時的費雷拉已經六十二歲，當他面對那些正氣凜然的耶穌會弟兄，感到再也無法立足而「退避離去」時，孤獨的背影中又帶有多少難以言喻的哀愁。

歷史上，對於背教者的描述並不多，關於棄教後費雷拉的記錄更是少之又少；其中，卻明文記載了兩次他被殉道者嚴詞責斥後逃開的場面。那個垂垂老矣、好似背負了過重負荷的痀僂背影，深深吸引了小說家遠藤周作。眾人究竟以什麼樣的眼光看待那位跌倒的司鐸？天主沉默的目光中又有甚麼？是譴責？是不齒？是同情？是視而不見？抑或是慈悲？

費雷拉無功而返後，路比諾神父等人受到一連串的審問與拷打、被強行灌水、或遭火紅的鐵板烙印……及至奄奄一息，則賴藥物使之甦醒，醒後再罰。嚴酷的刑罰延續了七個多月，受刑人日漸衰弱卻堅持不願屈服。最後，他們被判接受「穴吊」之刑。

數日之後，第一批救援隊全數殉道。

緊接著，包含若瑟．佳蘭神父在內的第二批救援隊，於翌年六月抵達今日福岡縣內的筑前大島。日方的史料記載：「船上約有十人，上陸取水者之髮型裝束雖與本國人相似，眼目卻截然不同，鼻梁也高聳怪異。當地居民甚疑，遂報與官人知曉。」因此，第二批救援隊也於上陸後不久被逮捕，解送至長崎受審。兩個月後，又被押送到東京的小傳馬町監獄，接受井上筑後守的疲勞轟炸。當時，長崎荷蘭商館的館長曾經目睹他們受刑的狀況：

經過晦暗的牢獄時，見到鐵網前以巨鎖串連著四名有罪的耶穌會司祭和一名日籍基督徒。中庭內立著絞首台、十字架、以及一口甚滿的水井……在那之後，耶穌會神父和日籍信徒被拖到中庭，接受拷問。

（摘譯自《日本誌》／Arnoldus Montanus 著）

■ 遠藤周作設定為洛特里哥抵達日本隱蔽處的長崎外海地區。

三個月後，第二批救援隊全數棄教。

「拯救費雷拉」的任務就此告終。

棄教後，這群傳教士的命運與費雷拉截然不同。費雷拉成了幕府的翻譯員，四處奔走並協助官方迫害基督徒；若瑟・佳蘭神父等人卻被送至井上筑後守的住處，終生被軟禁在那座被後人稱為「切支丹屋敷」（基督徒宅邸）的監牢中。

當時，在政府長年的洗腦下，一般百姓皆視基督信仰為邪教，認為基督徒皆會施法念咒、法術高強，因此避之唯恐不及。此外，本身也是棄教者的井上筑後守深知信仰的力量。他明白，若將傳教士關

■ 東京茗荷谷車站前的地圖，清楚標明切支丹屋敷遺跡（右下方）。

入一般監牢，最終只會收到「所有受刑人都變成基督徒」的反效果。為了完全抹消傳教士的影響力，他選擇以陰險的祕密主義處理這群人，將他們與世界隔離開來，好讓群眾逐漸淡忘。

剛被送入「切支丹屋敷」時，若瑟·佳蘭神父正值四十一歲之壯年。他同樣得到了一個死刑囚的名字「岡本三右衛門」，同時被迫繼承了那人的遺孀與家眷。從那一刻起，岡本三右衛門再沒有踏出「切支丹屋敷」一步。他被軟禁在那座位於今日東京小日向町的宅院中，度過不愁吃穿、卻如同行屍走肉般的四十三年歲月。根據官方的報告

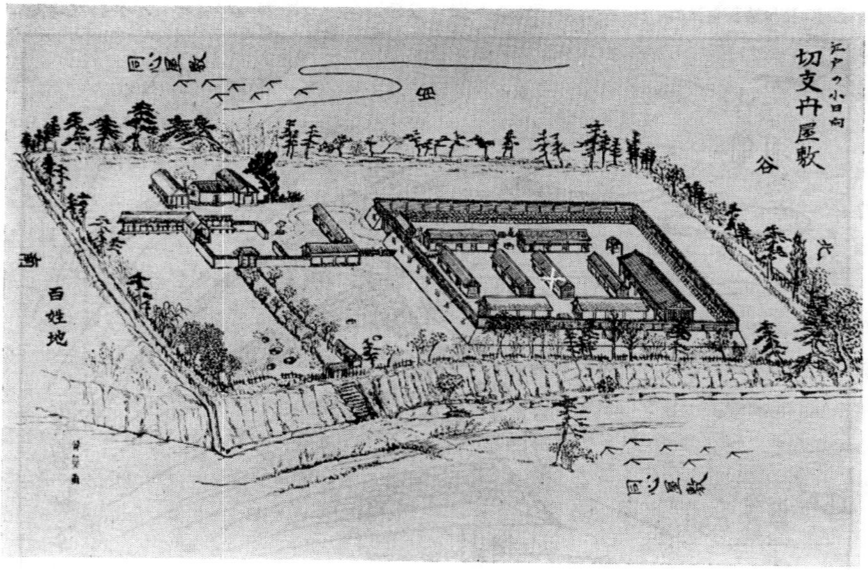

■ 慈幼會 Mario Marega 神父的手繪「切支丹屋敷」復原圖。

文書，他以八十四歲高齡「病歿」：

「切支丹屋敷之司鐸岡本三右衛門，南蠻西西里島出身，於此院內生活四十餘年。丑年七月初患病不食，經牢醫診斷下藥卻不見好轉，卒於昨二十五日正午過後。」

鎖國期間，被軟禁的傳教士們逐漸衰老、死去。「切支丹屋敷」一點一滴地消化關於基督徒的記憶，直到一百四十年後，整座宅邸被慘烈的江戶大火吞噬殆盡。

■ 東京小日向町寧靜的「切支丹坂道」。

現在，東京的小日向町還存留著一條名為「切支丹」的坂道。遺址上住家林立，家家戶戶的門外種植著美麗的花草，半開的窗口則不時飄出烤秋刀魚的香味與小朋友練鋼琴的聲響。很少人知道那裏的「曾經」。

只有一座標示著「切支丹屋敷遺跡」的紀念碑，乏人問津地立於坂道的頂端，獨自唱著土地的悲歌。

■ 標示著「切支丹」路名的電線桿。

切支丹屋敷跡
文化財を大切にしましょう
Historic Places
Kirishitan Yashiki Ato
(Remains of Kirishitan Yashiki)
Here is the place of Kirishitan Yashiki that had been the residence for interning
Christians, and where they were forced to abandon Christianity. The residence
was built in 1646 in the suburban residence of
who was the chief officer of investigation and interrogation to Christians. It
consisted of the prison and row house where they were basically allowed to
spend in safety, given Japanese names. They communicated their extensive
knowledge into the isolated Japan.
Metropolitan Board of Education
都旧跡 切支丹屋敷跡

■ 切支丹屋遺跡紀念碑。

捌

西勝寺的夕照

■ 長崎西勝寺山門

夕照下，石階上方的山門熠熠生輝。後方可見一座稱不上宏偉的寺廟，再往深處，則是帶著茶褐色斷崖的山頭。廳堂的內部略顯昏暗，冰涼的木板地上，兩三羽雞旁若無人地踱步。

「神父，」司祭總算開口，顫抖地說：「神父。」

費雷拉稍微仰頭，飛快抬眼瞥了一下司祭。剛開始，他的眼中同時閃過卑屈的笑與羞恥的神色。在那之後，卻又故意睜大了眼，挑戰似地鄙視對方。

「長久以來，您都一直住在這裡嗎？」

「快一年了吧。」

「這裡是？」

「一座名叫『西勝寺』的寺廟。」（摘譯自《沉默》／遠藤周作）

西勝寺，是我造訪長崎時的必到之處。那裡，說穿了不過是一座普通的老佛寺，從來不見香客或旅人，也不曾遇見過住持或廟方管理人。我所認識的西勝寺永遠是安靜的，安靜且沉默。

西勝寺

■　長崎西勝寺外觀。

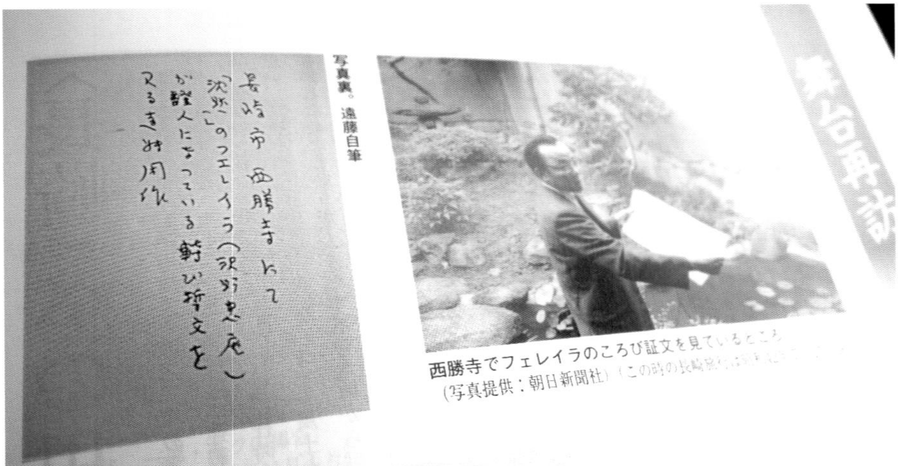
写真裏。遠藤自筆
西勝寺でフェレイラのころび証文を見ているところ
(写真提供：朝日新聞社)

■　西勝寺中的遠藤周作以及相片背後的作家親筆標註（資料來源：遠藤周作文學館企劃展手冊）。

造訪的時間，差不多都在傍晚時分。起初，我並沒有特別意識到那個時間點；去的次數多了，才開始感覺奇妙，不明白自己為何總是偏好於近晚前去。後來再讀《沉默》，總算恍然大悟。因為，遠藤周作將洛特里哥與恩師費雷拉重逢的地點安排在西勝寺，時間正好是日暮時分。在那充滿張力的會面中，作者對夕照下的場景做了極細膩的描寫。或許，我就是受到那些文字的影響，才會下意識的選擇於黃昏造訪。

長崎的西勝寺，屬於淨土真宗本願寺派別，坐落於市役所附近的寧靜巷弄間。白牆黑瓦、細碎的鋪地灰石、略為泛黃的老石階……院中不見華麗斑斕的花朵，就只有幾株滄桑的鐵樹、被剪圓了頭的矮灌木、以及往四面八方拚命伸展，帶著點苔色的青草。西勝寺的色彩單純而古老，宛若褪了色的舊相片。

遠藤周作生前，不知踩過多少次西勝寺的門階。他來的次數過於頻繁，早與廟祝夫婦成了好朋友。每次遙見遠藤到來，廟祝夫人總會露出莫可奈何的表情，開玩笑說：「嗳，您又來看『證文』啦？」

遠藤周作的目的，在於西勝寺收藏的一六四五年「棄教證文」手抄本。泛黃的古老紙片上，留著基督徒九介夫妻宣誓棄教的官方記錄。證文的尾端有三個見證人的署名：中庵，了順，了伯。其中，為首的「中庵」（澤野忠庵）正是費雷拉神父棄教後的日本名字。

去年，和三浦同遊長崎時，第一次在古寺「西勝寺」見到了費雷拉簽署的證文。他親筆寫下「跌倒司鐸　澤野忠庵」。那字跡，悲哀至極。（摘譯自《切支丹時代的知識分子》／遠藤周作）

在西勝寺的時候，我喜歡倚在木頭欄邊，靜靜觀看空無一人的中庭，思想那裡的「曾經」。過去的存在宛如鬼魅，化為一層模糊的薄霧，在靜默中哀哭叫嚷。那裡，有過棄教司鐸費雷拉，有過《沉默》中的澤野忠庵與洛特里哥，有過信仰的迫害者，有過

■ 西勝寺內部中庭。

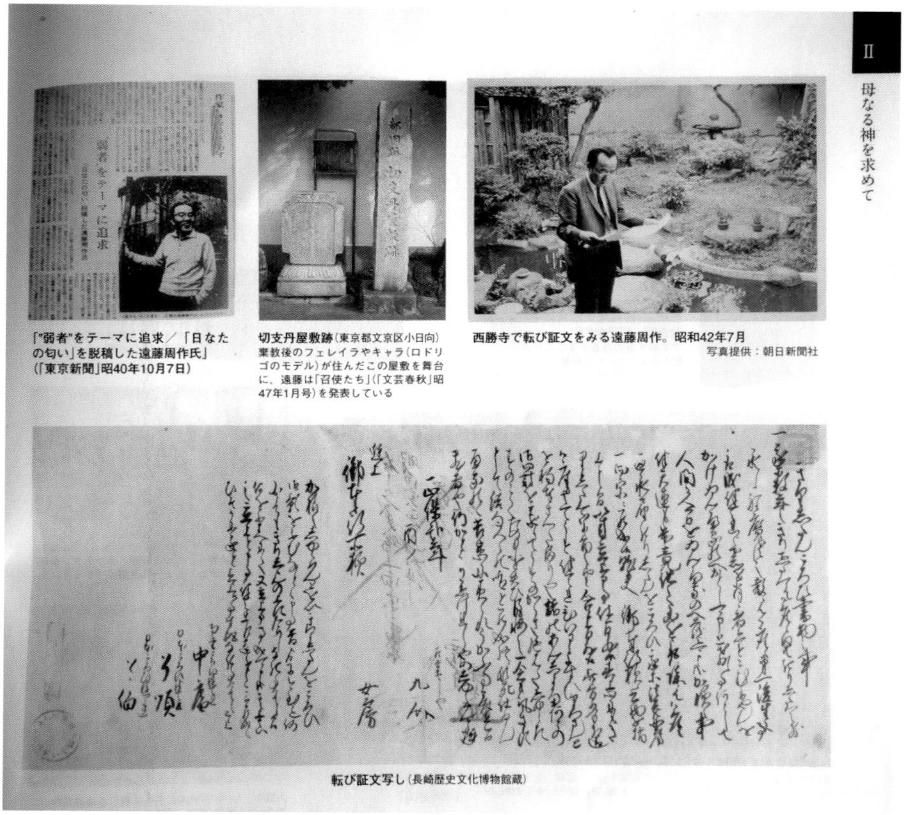
II
母なる神を求めて
"弱者"をテーマに追求／「日なたの匂い」を脱稿した遠藤周作氏」（「東京新聞」昭40年10月7日）
切支丹屋敷跡（東京都文京区小日向）棄教後のフェレイラやキャラ（ロドリゴのモデル）が住んだこの屋敷を舞台に、遠藤は「召使たち」（「文芸春秋」昭47年1月号）を発表している
西勝寺で転び証文をみる遠藤周作。昭和42年7月
写真提供：朝日新聞社
転び証文写し（長崎歴史文化博物館蔵）

■ 西勝寺的棄教證文（下）與看證文的遠藤周作（右上）（資料來源：遠藤周作文學館企劃展手冊）。

■ 西勝寺與東方天際的月亮。

踩上「踏繪」的基督徒九介夫妻，有過小說家遠藤周作，或許，還有過幾隻野放的雞，牠們每次啼叫，總會宛如利劍狠狠刺透跌倒司鐸的心……。

遠藤周作寫下這個故事時，書名原本不叫《沉默》，而是《日照的氣味》（ひなたの匂い）。可是，那標題卻被出版社駁回，理由是「魄力不足」。作家雖然沒有堅持，心中卻頗有遺憾。

《日照的氣味》這個標題或許難以理解，我卻有自己的想法。費雷拉神父，他的人生可說是充滿了矛盾與對立：被迫接收死刑囚的妻子兒女、卻因渴望服務人而從醫。另一方面，他又經常被召參與調查入港的中國船隻中是否藏有可疑人物，或暗自夾帶基督信仰的禁書？試想，有一天，這個活在屈辱中的男人，叉著雙手站在家中某個陽光照射得到的角落，靜靜回想自己的過去。那時候，肯定存在著某種「日照的氣味」，換句話說，也就是「孤獨的氣味」。我其實很想將那樣的畫面，描繪進書名中。

（摘譯自《沉默之聲》／遠藤周作）

我仰起頭來，凝視著日暮下好似失血的蒼白天空，以及劃破天際的黑色屋瓦。西勝寺，就像日本的一般傳統建築，帶著某種難以言喻、宛若盈盈淺笑、含蓄而優雅的美。然而，那份素淨的美感中，卻又蘊含了多少哀愁，多少剪不斷理還亂的歷史包袱？

看著看著，竟然就那樣掉下眼淚。

人，畢生追尋美，卻又能夠如此殘酷。

遠藤周作將《沉默》的舞台設定在外海地區的黑崎村，也就是今天的「出津」一帶。村落的入口處有一塊「沉默紀念碑」，樸拙的灰色巨石上刻劃著遠藤周作的吶喊：

「人，是那樣地悲哀；可

■ 沉默之碑。

是，主啊，海卻是如此的碧藍！」

夕照下，西勝寺的庭院，屋瓦，石階，在沉默中喃喃陳述美麗與哀傷……

費雷拉的最後幾句話充滿苦澀與絕望，不容司祭置疑。相較於來時，夕照似乎失了力氣，黃昏的陰影逐漸蔓延至灰土隔間的片隅。司祭聽見遠方傳來敲木魚的單調音響，以及好似充滿悲傷的佛僧誦經聲。

「你，」司祭對費雷拉喃喃說：「已經不是我所認識的費雷拉老師了。」

「對，我不是費雷拉，而是從奉行官手中取得『澤野忠庵』之名的人。」費雷拉垂下眼，回答：「我接收的不只是名字，也包括那個死刑囚的妻子與兒女。」

（摘譯自《沉默》／遠藤周作）

離開西勝寺時，天色已暗。

不知何時，東方天際悄然懸上一枚凸月，明亮且溫柔。

玖

吉次郎的悲歌

■ 「最接近天堂與地獄」的雲仙天主堂。

身為小說家，我讓自己體內的多重人格獨立出來，分別發展成作品中的人物。以《沉默》為例：費雷拉是我，吉次郎是我，洛特里哥是我，就連井上筑後守也是我。

其他小說家應該也是如此。除了格外天賦異稟的天才作家以外，大多數人恐怕都難以創造一個「他人」。我認為，要書寫一個與自己毫無關係的角色，是幾乎不可能達成的境界。

（摘譯自《沉默之聲》）

雲仙溫泉位於長崎縣東南端，是日本第一座國立公園境內的渡假勝地。從歷史悠久的旅館區往南走，約莫兩公里處的山頭上矗立著一座紅磚教堂，造型宛若燃燒的火炬，外牆則因硫磺蒸氣的侵蝕而略顯斑駁。那是雲仙天主堂，為紀念真福安多尼石田神父等殉道者而建立的聖堂。堂區平時並無本堂神父駐守，而由教友輪流照管、接待朝聖者。經營溫泉旅館多年的栗原夫婦也是負責人之一，他們介紹雲仙天主堂時，總喜歡這樣開玩笑說：

「這裡，是長崎最接近天堂、也最接近地獄的天主堂。」

接近天堂，是因為它的所在地，位於約海拔七百公尺的高地；接近地獄，則是因為靠近被稱為「地獄谷」的源泉區。那裏一年到頭煙霧迷漫，充斥著刺鼻

■ 雲仙天主堂内部。

的硫磺氣味，焦黑的地表像被剝了一層皮，蒼白的石頭間尚可見到咕嚕冒泡的泉水，貪婪地侵蝕早已化成細沙的脆弱岩層。「地獄谷」的白色煙霧中，豎立著一座光滑的石雕十字架，下方刻劃著許多名字。那些人，都是在雲仙殉道的基督徒。

遠藤周作的《沉默》，以介紹棄教司鐸費雷拉作為開場，並引用了費雷拉被捕前從長崎寄出的報告，鉅細靡遺地描述了日本國內的迫害慘狀。其中，最叫讀者印象深刻的，恐怕是在「雲仙地獄」的酷刑場面。

江戶時代，德川幕府排斥基督信仰，迫害隨著掌權將軍的更替而愈演愈烈。主曆一六二七年至一六三一年間，雲仙成了最「熱門」的施虐區，不計其數的基督徒被押送到「地獄谷」，接受殘酷的拷問。他們或被剁去手指，或被劃開背部；在那之後，執行者用長柄杓舀起滾燙的泉水，緩緩倒在他們的傷口上，設法將其苦痛增至最大、行刑時間延至最長。問題是，肉體的折磨並無法達到預期的「棄教效果」，基督徒堅定的態度令掌權者惱羞成怒，有時甚至一口氣將六、七十名信徒直接丟入滾燙的源泉中，雲仙因此成為極具代表性的殉道聖地。

然而，在那些勇於為信仰犧牲的「強者」背後，卻也存在著許多躲在陰影下的「弱者」。《沉默》中吉次郎的身影，正是弱者的代表圖像。他生性善良卻意志薄弱，稍被威脅就立刻跌倒，棄教後卻又頻頻受到良心折磨，以致於一路跟隨被自己出賣的洛特里哥神父，哀哭著乞求寬恕。

「神父，神父啊！」

那悲哀的聲音宛如緊緊攀附母親的幼兒，不斷傳來：

「我，一直欺騙著神父。您不肯聽我說嗎？如果神父看不起我……我，也同樣憎恨神父和其他信徒。沒錯，我踩了踏繪。茂吉和一藏是強者，我卻無法像他們一樣堅強啊。」

官差忍無可忍，拿起棍棒走出門去。吉次郎邊逃邊叫：

「可是，我也有話要說，就算踩了踏繪的人也有話要說。您以為我是歡喜甘願地踩上踏繪的嗎？踩了踏繪的這雙腳很痛，很痛啊！我天生就是個弱者，天主卻要我模仿強者，豈不是毫無道理？」

他的怒吼聲斷斷續續，時而化為哀禱，又轉為哭訴：

「神父啊，像我這樣的弱者究竟該如何是好？我並不是為了金錢才出賣您的，只是因為被官差恐嚇……」

（摘譯自《沉默》）

其實，遠在《沉默》之前，吉次郎這個角色已經多次出現在遠藤周作的作品

■ 永遠煙霧迷漫的「地獄谷」。

■ 從高處遠眺雲仙地獄。

■ 雲仙殉道者紀念碑。

中。其中，最具代表性的當屬短篇小說〈雲仙〉，敘述某位小說家為了探尋三百多年前的棄教者吉次郎之足跡，造訪了吉次郎的同伴們慘遭酷刑的雲仙地獄。透過棄教者悲哀的眼，目睹「強者」雖遭受折磨卻寧死不屈，三十三天後被押解至島原刑場接受火刑，最終殉道。

正在點火的時候，一個男人不顧一切地衝上前，大聲叫嚷著甚麼，卻被柴薪燃燒的聲音所掩蓋。此外，濃烈的煙霧也阻擋了他的去路，以致於無法更接近柱上的受刑人。官差急忙上前制止，質問他是否也是基督徒？那人忽然怯懦駐足，喃喃辯解說自己並非基督徒，與那些人毫無關係；只不過受到眼前景象驚嚇，一時糊塗才會做出那樣的舉動。一邊說著，就一邊畏畏縮縮地退下了。

可是，人們卻看見他躲在後方，雙手合十，口中不斷說著「原諒我，原諒我」。七位受刑人在柱上朗聲歌唱，直至被火焰吞噬。從那歌聲，實在難以想像他們正身受如此殘酷的刑罰。過了不久，歌聲戛然而止，只剩下木頭燃燒的笨重聲響。眾人看見方才那人垂頭喪氣地離開，都說他肯定也是基督徒。

（摘譯自〈雲仙〉，《基督徒的故鄉》）

■ 豎立於「雲仙地獄」的十字架。

創作《沉默》時，遠藤周作刻意將聚光燈的焦點放在踩了踏繪的弱者身上。在他的反省中，踏繪上的黑色汙痕並不只是從前的棄教者留下的指痕，更是他自己踐踏基督的足跡。藉著塑造小說中悲哀至極的角色，他坦然承認「吉次郎就是我」。

有一回，遠藤周作與井上洋治神父及三浦朱門（天主教作家曾野綾子的丈夫）造訪雲仙的殉道聖地。站在煙霧迷漫、泉水沸騰的「雲仙地獄」前，遠藤周作突發奇想，詢問好友：

「三浦，如果有人對你說『不捨棄信仰，就把你丟進去』，你認為自己可以撐上多久？」

三浦向來不善說謊，他回答：「或許只能撐一分鐘吧。」

接著，我又問另一位同行者、天主教的神父：「你呢？」

「誰知道？」他很不高興地回答：「我會很努力地祈禱；可是，那樣的事誰也說不準。」

老實說，我在問話前已經有了心理準備，要是兩人都信誓旦旦地說自己絕對撐得下去，我可就要和他們絕交了。然而，這兩位真不愧是我的朋友，並不會如此信口開河。

「遠藤，你呢？你又能撐多久？」三浦反問我。

我老實承認，自己恐怕早在被帶來雲仙前就已經伸腳踩了「踏繪」；就算真被帶來此地，一看見滾燙冒泡的池水，肯定也會馬上嚇昏。

（摘譯自〈一部小說完成前〉，《書之窗》昭和五十三年二月號）

■ 雲仙的溫泉旅館與旅客徒步區。

在禁不起精神與肉體折磨而跌倒的「弱者」身上，遠藤周作看見了不堪的自我。踩上「踏繪」的腳該有多痛？跌倒之後，棄教者又該有多麼地後悔與自責？或許，藉著《沉默》，小說家最渴望傳達的並非十七世紀的基督信仰迫害史，而是被淹沒於歷史灰燼下的破碎的心、以及棄教者終其一生忍受的腳底疼痛。

《沉默》出版後，引起軒然大波。許多人認為遠藤周作鼓吹棄教思想，有些神職人員甚至將之列為「禁書」。遠藤本人也曾經在某次彌撒中，聽見講道台上的神父當著他的面破口大罵《沉默》。對於周遭的誤解與批判，作者固然委屈，卻不試圖辯解。有些時候，相較於有限的語言，沉默反而是更真實的回應。

其實，洛特里哥的棄教與吉次郎的告解場面並不是《沉默》一書的結局。附屬於書後的官方記錄「基督徒宅邸官差日記」中，更頻頻出現二人的名字。遠藤周作暗藏伏筆，藉著耐人尋味的簡潔描述，邀請讀者一起思考棄教者的「在那之後」。可惜的是，大多數讀者往往因那份文件古老艱澀而直接跳過。在此，建議大家耐心閱讀整部作品，或許更能體會作者願意傳達的訊息。

拾

費雷拉的「在那之後」

■ 皓臺寺山門。

■ 苔痕斑斑的皓臺寺墓園。

那些人，早已死在遙遠的過去。可是，當我仔細調查每一個角色，時而造訪他們曾經活過的地方時，對我而言，他們就不再是亡者了。為了書寫他們的故事，小說家在筆記本上寫下那些人的名字。從那個瞬間起，他們重新站立行走，活了起來。

（摘譯自《走馬燈〜那些人的人生》／遠藤周作）

《沉默》書中，遠藤周作將長崎的皓臺寺一帶設定為費雷拉晚年的居所。主曆一六三三年十月，五十三歲的耶穌會士費雷拉受「穴吊」刑罰，五個時辰後宣示棄教。在那之後，他被迫接收了一個死刑囚的名字、遺孀和兒女，從此以「澤野忠庵」之名生活。歷史，對待「背叛者」極為殘酷。天主教會刻意抹滅其不光榮的記錄，日本政府的迫害者則對他不屑一顧。因此，跌倒後的費雷拉宛如一縷若隱若現的幽魂，留下的記錄少之又少，只偶爾出現在荷蘭人寫的商館日記中，以「背教者忠庵」之名協助政府逮捕、迫害隱藏的基督徒。

然而，跌倒後的費雷拉體內，依然殘留著渴望服侍人的司鐸心理。

「我奉官長之命，正在翻譯天文學著作。」費雷拉說得又急又快，彷彿想藉此封住翻譯官之口：「沒錯，我是有用的，我對這個國家的人民很有幫助。日本人固然富於各種智識，天文學或醫療方面的學問卻還是得靠像我這樣的西洋人幫忙。當然囉，這裡已有源自中國的優秀醫術……不過，若能再加上我們的外科醫學，肯定有利無弊；天文學也是如此。所以，我幫他們與荷蘭船長交涉，取得各種鏡片與望遠鏡。在這個國家，我絕非無益之人。毫無疑問，我是很有用的。」

司祭凝視著費雷拉滔滔不絕的口，不太明白對方為何忽然變得如此饒舌。另一方面，卻又好像能理解他多次強調自己仍然有用的心態。費雷拉傾訴的對象並不僅是司祭，也包含了翻譯官與僧侶；此外，更像是對自我存在意義的詭辯。

（摘譯自《沉默》／遠藤周作）

在那之後，「澤野忠庵」過的是南轅北轍的兩面生活。

一方面，他奉井上筑後守之命書寫辱罵基督信仰

■ 皓臺寺墓園，費雷拉曾在此地安眠。

的《顯偽錄》，自暴自棄地否定過去；另一方面，卻又積極翻譯西方學術書籍，對日本人傾囊傳授耶穌會培育時期習得的天文與醫療知識，渴望對社會有所貢獻。他的門下有幾位傑出的學生，包括日本外科醫師的始祖西玄甫、以及第一位任職於官僚的西醫杉本忠惠。後者成了費雷拉的女婿，將恩師兼岳父的遺骸納入皓臺寺的杉本家墳中。

為了尋訪費雷拉的遺跡，遠藤周作曾經多次造訪長崎，在皓臺寺墓園中汗流浹背地梭巡，再三確認墓碑上的名字，卻一無所獲。不過，皓臺寺一帶的「風景」卻深深吸引了他。兀立於山坡上的巨大樟樹、苔痕斑斑的古老石牆、正午豔陽下靜謐無聲的巷弄……激發了作家豐富的想像力。

我的採訪目的並非蒐集資料。資料，早就調查好並裝進腦裡

■ 刻有「忠庵」（費雷拉）名號的墓碑。

了。我在那些土地上尋求的是「風景」，渴望體會書中人物曾經聞過的氣味、聽過的風嘯、沐浴過的陽光。

然後，我在心中模擬想像：「他或許聽過這樣的風聲」、「他應該也如此眺望過大海」。

那些點點滴滴，串聯成我寫小說時的自信。

（摘譯自《沉默之聲》／遠藤周作）

後來，遠藤周作偶然得知，杉本家的後代將祖墳自皓臺寺遷出，一度落腳在品川的東海寺，最後遷徙至東京谷中地區的「瑞輪寺」。直至今日，在那座四處可見象徵德川家族之三葉葵圖案的「瑞輪寺」內，尚能見到一塊刻滿亡者諡名的杉本家墓碑。其中，有一行文字寫著：

「忠庵淨光先生　慶安三年十一月十一日」

那是費雷拉留在日本的最後足跡。

天主若真是天地之創造者、萬物之主宰、智慧之泉源，當祂創造人類時，為何不讓全世界的人認識祂的真實？天主若真是慈悲之源，又為何創造出如此充滿苦惱與哀痛的悲慘世界？

（摘譯自費雷拉被官府逼寫的《顯偽錄》）

■ 瑞輪寺中，處處可見德川家紋。

■ 瑞輪寺～掃墓盛水用的木桶。

■ 刻著三葉葵德川家紋的瑞輪寺屋瓦。

瑞輪寺，位於今日東京的谷中地區。

瑞輪寺的紙燈籠。

拾壹

聖牌事件與長助阿春

■ 天主的道，決束縛不住。

前文已述，為了洗刷費雷拉汙名而赴日的若瑟．佳蘭神父，也就是遠藤周作《沉默》書中洛特里哥的真實人物，棄教後的命運與費雷拉截然不同。

踩上踏繪後，費雷拉成了幕府的翻譯員，協助官方迫害基督徒，並傾囊傳授醫療與天文學問；根據史料顯示，他晚年曾定居於長崎，在行動上享有較高度的自由。另一方面，若瑟．佳蘭神父被移送到江戶（今日的東京），軟禁於井上筑後守的住處。在那裡，他得到了一個剛被處死的囚犯名字「岡本三右衛門」，也被迫一併接收了那人的遺孀。岡本夫婦遂在那座美其名為「基督徒宅邸」的收容所中度過餘生，再沒有踏出一步。

表面上，政府相當禮遇「跌倒的司鐸」，不僅提供官餉，更安排奴婢供之使喚。奉派服侍若瑟．佳蘭神父的第一位僕役名叫「才三郎」，接著則是「角內」。關於這兩名僕役的出身或經歷，史上並無任何記載。在那不講究生命尊嚴的時代，無關緊要的小人物原本輕如鴻毛，不值一提。然而，圍繞著若瑟．佳蘭神父的這兩名僕役，卻「鬧」出了令官府坐立難安的奇妙事件。

「基督徒收容所出了基督徒！」

延宝四年（主曆一六七六年）秋天，宅邸內發生了一起竊盜案。為了尋覓贓物，官吏展開地毯式搜索，並詳細檢查所有個人物品。調查過程中，卻得到了意想不到的「收穫」。有人發現，若瑟．佳蘭神父的僕役「角內」隨身攜帶的小布包內，竟有一枚刻著伯多祿頭像的聖牌。那個發現引發了軒然大波。

「角內」辯解說，自己是看到前任僕役「才三郎」丟在田裡，好奇撿來保存的；「才三郎」卻也是同樣的說詞，堅稱聖牌不是自己的，而是在宅邸內撿到的。儘管兩人信誓旦旦地宣稱自己不是基督徒，卻都因知而不報而慘遭處死。那面聖牌究竟來自何處？嫌疑自然落在二人先後侍奉的「岡本三右衛門」（若瑟．佳蘭神父）身上。對於這個「背後的主嫌」，政府採用的是更殘酷的懲罰。他們知道基督信仰的教義不允許自我了斷，便刻意不追究，讓若瑟．佳蘭神父在自責中繼續活得宛如行屍走肉。

《沉默》書尾的附錄中，遠藤周作也安排了類似的「聖牌事件」，主角則被替換成那個哀哀乞憐的「吉次郎」。至於「吉次郎」怎麼成了服侍洛特里哥的僕役？聖牌事件後他

■ 發現若瑟．佳蘭神父墓碑的慈幼會士 Tassinar。

的下場又如何？在書裡書外都成了不解之謎。不過，無論史實或小說，都沒有交代「岡本三右衛門」的言行反應，彷彿被刻意忽視一般。跌倒後的若瑟．佳蘭神父好似舞台上掛名的空殼子，僅剩一個接收來的名字。因此，後人也只能藉著圍繞在他身邊的人物事件，旁敲側擊他悲哀的後半生。

「才三郎」和「角內」被處死後，緊接著服侍若瑟．佳蘭神父的，是一對二十歲出頭的年輕夫妻：長助與阿春。

長助與阿春的人生，自起初就是悲劇。他們誕生於牢內，是死刑囚在獄中產下的第二代。在那嚴奉階級世襲的時代，囚犯的後代只能是囚犯，奴隸的後代也只能是奴隸，絕無翻身的可能性。因此，長助與阿春奉命成了夫妻，也奉命成了若瑟．佳蘭神父的奴婢。他們並不明白那位高鼻子淡眼睛的異國人究竟犯了甚麼大罪，以致於和自己一樣永遠出不了宅邸的大門。話說回來，追根究柢向來不干他們的事。因此，兩人只知道謹守本分，不聞不問，柔順地服侍同為獄中囚的主人。

數年後，若瑟．佳蘭神父以八十四歲高齡病歿，總算出了「基督徒宅邸」大門，被葬在附近的佛寺「無量院」內。兩百多年後，無量院廢寺，若瑟．佳蘭神父的墓碑（遺骨早已灰飛煙滅）被草草遷至東京的雜司谷墓園，埋沒於荒煙蔓草中，乏人問津。第二次大戰末期，一位研究日本信仰史的義大利籍慈幼會神父發

■ 現存於慈幼會東京調布會院內的若瑟·佳蘭神父墓碑。

現了那座斑剝的墓碑，千辛萬苦地求得許可並接收。現在，若瑟．佳蘭神父的墓碑被安置於慈幼會的東京調布會院中。碑上的戒名與忌辰鮮明依舊，頂端則蓋了只石頭雕成的圓帽子；據說，那形狀參考的是大航海時代歐洲傳教士常戴的皮帽。

若瑟．佳蘭神父死了，長助與阿春的人生卻得繼續下去。

那時，德川幕府已經完成鎖國，表面上也除淨了國內的基督徒。因此，被軟禁於「基督徒宅邸」的人口只減無增；到最後，僅剩下幾位曾經服侍

■　慈幼會東京調布天主堂。

過棄教司鐸的奴婢，苦守著已然失去存在意義的空宅。

時光流轉，長助與阿春年近初老。主曆一七〇九年的冬天，基督徒宅邸不期然增添了一位新居民：來自義大利的希多啟神父（Giovanni Battista Sidotti）——禁教鎖國期間最後一個登陸日本的天主教司鐸。

希多啟神父與若瑟．佳蘭同樣出身於西西里島，是巴勒摩地區的貴族。他一心渴望到日本傳福音，長期計畫之後，剃髮佩刀偽裝成武士，從九州的鹿兒島海岸偷偷潛入，馬上便被逮捕。經過長達兩週的繁複審訊，政府決議將之終身軟禁。於是，希多啟神父被送入江戶的基督徒宅邸，照樣由長助與阿春侍奉。

不同於以往的居民，希多啟並非「棄教」司鐸。因此，他享有高度的信仰自由，在房內貼了個紅紙剪成的十字架，日夜照表操課，守齋祈禱。此外，神父生性溫良謙和，很受人喜愛。只要他乖乖守法「不傳邪教蠹害百姓」，有時甚至能在官吏的陪同下出外觀光。眾人相處甚歡，平安無事。

■ 希多啓神父帶來日本的〈拇指聖母像〉（東京國立博物館藏）。

四年後，長助與阿春忽然自首，宣稱已經受洗成為基督徒。

那消息令官方大為震怒，遂下令將兩人分別監禁，並把希多啟神父丟入陰暗冰冷的地牢中。後來，長助與阿春夫婦相繼病亡，希多啟神父也衰竭老死。三人被草草葬在院內，「基督徒宅邸」正式走入歷史。

兩年前，在東京小日向地區的「基督徒宅邸」遺址下，挖出了三具江戶時代的人骨。經過DNA鑑定，發現其中一人是身高一七〇公分以上的義大利男子，極有可能是禁教時

■ 出土於「基督徒宅邸」遺址，極有可能是希多啓神父之遺骨。

期的最後一位天主教司鐸希多啟神父。至於其他兩具日本人遺骨，或許就是長助與阿春。

畢生身陷囹圄的長助與阿春，先後侍奉了若瑟．佳蘭與希多啟神父。他們內的信仰何時被種下？又如何萌芽生長？已然無從追究；正如經上所說：「為了這福音，我受苦以至帶鎖鏈，如同兇犯一樣；但是天主的道，決束縛不住。」（《弟茂德後書》二章9節）儘管如此，又有誰能夠否認若瑟．佳蘭神父為撒種者的可能性？

踩了踏繪的洛特里哥，棄教司鐸若瑟．佳蘭……藉著沉默的後半生，無聲地高唱獻給天主的哀歌。

> 從今以後，我將以不同於從前的方式愛祂。為能認識那份愛，至今發生的一切都不可或缺。我是國內最後一個天主教司鐸。此外，我也知道祂並不沉默。就算祂真的沉默，也將有我的人生來宣揚祂。
>
> （摘譯自《沉默》／遠藤周作）

拾貳

黑暗中的曙光

■ 速寫（遠藤周作取材旅行時隨身攜帶的玫瑰念珠、望遠鏡與筆記簿）。

遠藤周作《沉默》的創作背景，是信仰迫害最為激烈的年代。

在那之後，德川幕府徹底鎖國，開始了閉門造車的獨裁統治。各地豎立起禁教的告示牌，嚴格取締基督信仰。為了斬草除根，政府強行實施「檀家制度」，也就是讓佛寺掌控出生、死亡、婚嫁、住址、職業、旅行等資訊。所有國民都必須隸屬於某一座佛寺，每年繳交蓋有廟印的戶口名簿，並隨時舉報或更新資料。

對於執政者而言，「檀家制度」不僅能箝制基督徒，更是一舉兩得的統治手段。因為，百姓既有固定廟籍，廟方自然沒了爭取信徒、擴展領域的需求。也就是說，在官方保證的穩定財源下，佛家各宗派的「向上心」與「生命力」也於無形中削減。

從古至今，蓬勃發展的宗教力量一向是讓執政者頭疼的威脅。早在十一世紀末期，掌握強權的白河太上皇就曾怨嘆，世上只有三件事無法稱心如意：「賀茂川的氾濫、骰子的數字、比叡山的和尚」。因此，德川幕府不僅取締基督信仰，更間接削弱了佛教各宗派的力量。在那狡獪的「糖果與皮鞭」政策下，佛家與基督信仰同為受害者。

雙方既然都受迫害，在慈悲與追求真理的層面上又互有交集；因此，會產生「惺惺相惜」的心態絕非意外之事。表面上，舉國上下皆信奉佛教，基督信仰的根卻從未斷絕，反而進入隱姓埋名的「潛伏時期」。必須落籍於佛寺的政令成了基督徒的極佳掩護。事實上，有許多佛寺「心知肚明」地保護轄下的信友家庭。直到今天，依然可在各地古剎中見到潛伏基督徒的遺跡。譬如：被偷偷埋在地藏王菩薩腳下的切支丹燈籠、暗藏於寶庫裡的瑪利亞觀音像、劃著十字的墓碑、刻有耶穌會標記的銅鐘、曾在神學院境內的古井……等。

每次閱讀這段時期的相關史料，總令我感動莫名。

歷史的檯面上，是極為凶殘、叫人不忍目睹的迫害與殉道。可是，在那些記錄背後，卻存在著許多不知名的小人物，無意識地實踐了保祿的「為的是總要救些人」。基督徒偽裝成佛教徒，佛寺默默保

■ 由長崎港遠眺市區。

護著基督徒。在那段黑暗的時期，信仰宛如厚重積雪下的涓涓細流，不間斷地往前進，耐心等候劃破暗夜的曙光。

就這樣，兩百多年的歲月靜靜流逝。

作家夢枕獏曾把盛唐時期斑爛絢爛的長安城比喻做「掛在枝頭上、熟透到隨時可能掉落的果實」，那其實也是鎖國時期日本的忠實寫照。沒有內憂外患的江戶治世，執政者高枕無憂，老百姓安居樂業，文化藝術發展到極致。另一方面，安逸的生活卻逐漸腐蝕國力與民心，以致於主曆一八五三年美國海軍准將培里（Matthew Calbraith Perry）率領艦隊前來敲打國門時，形同虛設的政府軍毫無招架之力，不堪一擊。隔年，日美簽訂不平等條約，開港通商，為長達兩個多世紀的鎖國時期畫上休止符。

日本的國門既開，各國官商一舉湧入。為了應付新移民的宗教需求，執政者勉強答應外國人在僑居地興建教堂，對於本國人民的禁教令卻嚴厲依舊。

主曆一八六五年二月，長崎南山手地區的小丘上，一座美麗的木造天主堂舉行了啟用典禮。那座教堂由巴黎外方傳教會照管，被奉獻給日本二十六聖人，隔著港灣遙遙面對聖人們的殉道地西坂。教堂的名稱是大浦天主堂，卻被當地人喊成「法國廟」。興建當時吸引了許多好奇的居民。眾人扶老攜幼前來觀賞，帶著逛廟會的心情指指點點，對立於坡頂的奇特建築品頭論足。有些較大膽的甚至偷

■ 長崎大浦天主堂。

溜入內參觀，一經監視的幕府官差吆喝，遂不敢再接近。日子一久，居民習慣了「法國廟」的存在，看熱鬧的人也就少了。

一個月後的下午，本堂神父柏若望（Bernard Petit Jean）正跪在祭壇前祈禱，忽然聽見有人悄聲進門。那是一群膚色黝黑的村夫農婦，張著大口四處打量聖堂內部的擺設。神父原本不以為意，繼續祈禱，其中一位婦人卻湊上前來，帶著凝重的表情說：

「外國人，外國人。你的心，我們的心，是一樣的。」

神父尚未反應過來，她又接著問：

「Santa Maria（聖瑪利亞）的

■　長崎市街上的秋季大祭一景。

■ 發現潛伏基督徒的柏若望神父。

聖像在哪裡？」

柏若望神父赫然明白，站在自己眼前的，正是傳說中的「潛伏基督徒」。

那個相遇的瞬間，是震驚海內外教會的「信徒發現」事件，更是睽違兩百多年的「信仰宣示」。從教會的角度看來，固然是神父發現信徒。換個方向，卻是群羊無首的基督徒重新發現了神父。「在黑暗中行走的百姓」總算等到了那一道從未消逝的皓光。

「信徒發現」後，長崎的基督徒再度忍受慘無人道的迫害與放逐。他們屢遭淬鍊，但是，就連主曆一九四五年落下的原子彈也無法奪去他們的信仰。聖堂一再被摧毀，卻也一再重新站立。直到今天，長崎的教堂鐘聲響亮依舊，

■ 描繪「信徒發現」的紀念碑。

按時提醒人們舉目望天，讚美感謝。

《沉默》的長崎，是基督徒的原鄉。

在那塊飽受祝福的土地上，前仆後繼地印著無數的腳印；有人成聖，有人跌倒，有人歡笑，也有人哀哭。聖方濟沙勿略、二十六殉道聖人、費雷拉、若瑟．佳蘭、以及無數像吉次郎的無名角色……都以各自的方式，走上了無玷羔羊的神聖祭台。

童年的夏夜，母親曾經買給我一個走馬燈。現在，我已寫完那些人的故事，他們的人生卻像走馬燈的光影，依然纏繞在我的眼簾中，時而顯現，時而消失。那些角色擁有一個共通的命運：同為日本人，都與耶穌有關係。光憑這一點，他們就是我的親人，就是我的同胞。

（摘譯自《走馬燈～那些人的人生》後記／遠藤周作）

拾參

沉默的答案

■ 從遠藤周作文學館遠眺出津。

「入口……先生？」

「嗯，就是入口、出口的『入口』。很特別的姓吧？」

第一次聽說「入口先生」，是在主曆二〇一二年的初夏。為了更認識日本的信仰史以及遠藤周作創作《沉默》的背景，我如飢似渴地閱讀、旅行、並四處蒐集資料。當時，正在長崎服務的木澤修女識我已久，很是知心，遂極力推薦「長崎最資深的朝聖導遊」入口先生。剛開始，我有些興味索然，因為根據以往經驗，越是資深的導遊就越有「一股腦兒傾倒知識」的傾向，那種一廂情願的導覽方式讓我卻步。

■ 我的長崎旅行手記。

因此，大多數時候我寧可獨行，也不願意忍受導覽者半強迫式的「嘮叨」。

木澤修女見我的反應不甚熱切，強忍笑意：「書寧，入口先生沒問題的，妳何不試試？」

抵不過她的熱情推薦，我只好半信半疑地預約了半天的導覽行程。

當天，我按圖索驥，尋到了蜿蜒巷弄間的長崎朝聖中心。入口先生的年紀約在六十五歲上下，身形高眺修長，說話行事很是俐落。結清導覽費用後，他開出自用車，將地圖等私人物品堆放在身

■ 我的長崎導師入口先生。

旁的助手席上，讓我獨坐後座：「這樣，咱們兩個都自在。」我對他那不客套、無廢言的直率頗感滿意。

入口先生是朝聖中心的總負責人，導覽區域囊括長崎全域。有趣的是，他固然對信仰與地方史地瞭如指掌，本身卻不是基督徒。長崎堪稱日本基督徒的原鄉，信仰歷史悠久；縣內天主教徒的人口比例極高，較其他區域更嚴於堅守傳統。在如此的風土背景下，官方朝聖中心竟然願意聘請一位「非基督徒」擔任負責人，教育培養新秀，日復一日地為來

■ 站在牧野天主堂前的入口先生。

自日本各地的聖職人員、平信徒、以及信仰相異的民眾服務，客觀導覽教會的歷史。我以為，從這事上便可看出長崎教會獨特的包容性。當然，入口先生出類拔萃的才學與人品也是主因。

駛往外海地區的半小時車程，是我倆的「磨合時間」。藉著交談與提問，入口先生很精準地推敲出我的需求，我也逐漸適應了他的行事風格。整個過程讓我眼界大開，又極感安心，知道自己果真遇上了一位好嚮導：學識淵博卻不賣弄，提供的資訊恰到好處，正是我所需要的。

入口先生知道我對《沉默》懷抱特別情感，在導覽開始時劈頭就問：「遠藤周作藉此書拋出一個大問號：天主為甚麼沉默？許小姐，妳認為呢？」我沒做多想，順口回答：「這問題太大了，答案見仁見智。說不定，每一個讀者都有自己的一套說詞。」入口先生搖頭：「我問的不是別人，而是妳的答案。」我有點著慌，絞盡腦汁回想洛特里哥的獨白，胡亂支吾其詞：「書中說，天主並不沉默，洛特里哥將用自己的人生來述說……」入口先生見我窘迫，寬容地笑了笑，沒有繼續追問。

當天下午，我好似掉入時空隧道，在入口先生簡潔明快的話語聲中，按著次第走了一趟從禁教時期直到今日的信仰旅程。他讓我看見了潛伏基督徒為了保守信仰，如何隱居於避人耳目的窮山僻野；又如何為了躲避殘酷的「拔苗政策」（政府為了控制人口，勒令殺嬰），舉家遷往貧瘠的不毛之地。我更看見傳教士曾經躲藏過的深山小屋、偽裝成神社的基督徒聖地、沒有任何碑銘或標誌的天主教墓地、用來口傳祈禱文的大石穴……。

旅程的最後，我們來到位於山崖邊的遠藤周作文學館。入口先生將我引至館外的停車坪，站在扁石堆砌的矮牆邊：「許小姐，還記得導覽剛開始時，我曾經問妳『沉默』的答案嗎？現在，我再問一次。妳認為天主為甚麼沉默？妳的答案是甚麼？」

我望著他誠懇的眼，搖搖頭說：「我還不知道。」

■ 山崖邊的遠藤周作文學館。

■ 出津天主堂。

入口先生微笑重複：「還……不知道？」

「是的，現在還不知道。」我說：「不過，這個問題將隨著我回去。或許下次再來長崎時就有了答案，也有可能終其一生遍尋不得。無論如何，我將會好好珍惜您給我的這份『作業』。」

入口先生又笑了，笑得慈祥而滿意：「現在，請妳站到牆上看看。」

我依照指示爬上矮牆，望向他手指的方向。海灣的彼方，是一座群樹圍繞的綠色山頭，蜿蜒的路邊零零落落地立著低矮的房舍，包括一座樸實美麗的灰頂天主堂。

「啊，是出津！」我說。

出津，是遠藤周作在《沉默》中設定的潛伏基督徒村落。那裡原是長不出任何農作物的荒鄉僻壤，信仰自由後，純樸的農民在傳教士的帶領下，赤手空拳地開發出各種自給自足的近代產業。另一方面，直至今日，綠意盎然的山野中卻也住著「隱藏的基督徒」。他們因著許多複雜難解的理由，並沒有回歸天主教會，也沒有改信其他宗教，而是堅守祖先代代相傳的「隱藏信仰」，背誦早已失真的拉丁文禱詞，依舊苦苦等待救援……。

「對，是出津。對我而言，那塊土地就是答案。」入口先生說：「天主為甚麼沉默？天主又果真沉默？我認為，那塊土地，以及曾經在那裡活過、現在正在

■ 隱藏基督徒的枯松神社。

生活的人們（其中有許多是我熟識的好朋友），他們所繼承的信仰、他們的喜樂苦惱與掙扎、他們真實的人生，都是天主沉默的答案。」

我望著不遠處的出津，以及將之溫柔包裹的碧海藍天，只覺胸口鼓脹著千言萬語，卻一個字也說不出口。

「許小姐，我很高興妳回答『還不知道』，可見這場導覽並沒有白走。」入口先生溫和地說：「相較於四個鐘頭前，現在的妳更認識了這片土地。今天只是一個開端，希望今後的妳能夠繼續深入。願妳終能在自己的信仰中找到答案。」

那個獲益匪淺的下午，是一段美好友誼的開始。

在那之後，每次造訪長崎，我總會事先與入口先生約定導覽行程。我十分喜愛這位可親的導師，在他的帶領下愉快享受學習的滋養。就算造訪相同地點，入口先生也絕不會單純地重覆資訊，而是衡量我的能力與所知，循序漸進，緩緩深入。因此，我私下稱入口先生為「我的長崎導師」，他的導覽則是「人的課程」，正如他所說的：

「那些公車到得了的地方，不需要我帶，妳自己去。我希望帶領妳感受的，是歷史，是人與人心。那才有意思。」

拾肆

《沉默》的舞台

「在我的血親中，沒有任何人出身九州。可是，每當我造訪長崎，總感覺像回到家鄉，究竟是怎麼一回事？」

（摘譯自遠藤日記《追尋費雷拉的身影》）

作家遠藤周作出身東京，三歲時即舉家遷往滿州大連，直至十歲才因父母離異回到日本，投靠位於兵庫縣的姨母家，之後又輾轉遷居了許多回。因此，他經常宣稱自己「沒有故鄉」。然而，長崎這塊無親無故的陌生土地卻讓他萌生了強烈的歸屬感。遠藤深深依戀著長崎，視之為「心靈的故鄉」。

其實，長崎不僅讓遠藤周作心之所繫，更堪稱所有基督徒的心靈原鄉。在日本長達四百多年的信仰史中，長崎一直扮演著關鍵性的角色。基督教會蓬勃發展的時期如是，遭受迫害隱姓埋名的潛伏時期亦然。長崎，就像一塊溫柔的母親大地，於沉默中守護著生活於其上的孩子們。

為了創作取材，遠藤周作多次造訪長崎。其中，與他的心靈最契合的土地，是距離市區約一小時車程、位於西側海岸的「外海地區」。外海地區包括今天的黑崎、福田、出津等地，也是《沉默》一書的舞台。

《沉默》的場景之所以被設定於外海，緣起於一場不經意的偶遇。

■ 黑崎天主堂內部。陽光透過聖堂的馬賽克窗花灑落在木質地板上。

■「岳村」唯一出入口的聖母像。

我第一次得知「黑崎村」這個名字，是在構思《沉默》某個場景時（後來成了洛特里哥流浪山中的畫面）。那時，我正漫步於長崎正式開港前葡萄牙船隻進出的「福田港」之後山。為了避雨，偶然闖入山坡上的小村莊，發現了一座天主堂。教堂竟會蓋在如此偏僻的地方，實在稀奇。我走入聖堂，裡面空無一人。

雨停後出了教堂，詢問某個經過的女孩，得知那村的居民原本來自隱藏基督徒居住的「黑崎村」。看來，他們是因為黑崎村的土地太過狹窄貧瘠，難以耕作自活，才會移居到這座山裡來的。

黑崎村本身也是背山面海的狹隘村落。從長崎開車約需一個半小時才能抵達，途中路況極差，還得翻山越嶺。現今的狀況如此，不難想見當時肯定是足以逃避官差耳目、暗中保守信仰的絕佳藏身處。

（摘譯自〈弱者的救贖〉，《基督徒的故鄉》／遠藤周作）

遠藤周作並沒有明確指出他當時避雨的村莊何在，只輕描淡寫地說是「福田港的後山」。不過，後人卻也不難推論，那座小村莊即為「岳天主堂」的所在地。

我自己也曾兩度造訪「岳村」，一次在午後、另一次則是傍晚。每次去都不曾遇見人，唯獨一條盡職得過了度的大黃狗，自始至終吠叫得聲嘶力竭，沒有片刻停歇。從牠歇斯底里的模樣，大約可以想像平時不常有外人出入。

「岳天主堂」位於村落南端，遠藤周作後來將它描述為洛特里哥在山上逃亡時使用過的避難小屋。天主堂本身並沒有駐堂神父，平時大門深鎖，只於主日彌撒時開放，村莊人口則是百分之百的天主教徒。從前，進出村莊僅能靠一條很難稱之為「路」的小山徑，不僅蜿蜒陡峭，更經常被荒煙蔓草掩沒，幾乎無法辨認。戰後，附近的山林被開發成大型高爾夫球場，才因此闢出一條供球客使用的現代化柏油

■ 「岳村」盡職的大黃狗。

道路，勉強可供小型車輛前往。不過，訪客的目的僅在打球，進村前就已拐了彎，倒也沒有破壞「岳村」向來的寧靜祥和。

「岳村」最特別之處，在於它隱密的天然屏障。若從山腳下的福田港往上望，只能看見一整面茂密的樹林，完全不見隱藏於後的民宅。然而，住在村裡的人卻能對下方一覽無遺。再加上出入口只有一處，狹窄度又僅容一人通行；對於活在禁教迫害時代、必須時時提防官兵突擊檢查的潛伏基督徒而言，或許再沒有更好的藏身所在。

再來談談「黑崎村」。

四百年前的信仰迫害，將殘存

■ 暮靄中的「岳村」。

的基督徒逼入「地下」。許多人隱姓埋名，蟄居於人煙稀少的寒村僻野或荒島。他們表面上偽裝成佛教徒，隸屬於固定寺廟，上神社參拜，每年也乖乖地上官府踩「踏繪」；實際上，卻暗中形成祕密組織，口傳祈禱文、教會曆法，也為新生嬰孩傳洗。這樣的潛伏基督徒村落散布各地，其中也包括外海地區的黑崎村。

信仰自由的時代來臨後，黑崎村大約三成的潛伏基督徒回歸天主教會。他們親自負磚擔瓦，於小丘頂端建立起一座雄偉的紅磚天主堂。六成人口則早已失落祖傳信仰，或礙於兩百多年來受佛寺照顧的「恩義」，正式改宗為佛教徒。除此之外，還有一成人口選擇「保持原狀」；儘管他們不再需要隱藏自己的身分，卻對天主教會充滿懷疑，不相信它就是自己代代苦等的「那個」宗教。

■ 黑崎天主堂內部。

■ 黑崎天主堂。

■ 黑崎天主堂的十字屋瓦。

川口神父告訴我，就連黑崎村也分裂為天主教與隱藏基督徒兩個派別。

「那些人見神父們的穿著打扮與切支丹時代的傳教士不同，便叫我們冒牌貨。三年多前，一位住在長崎的法國神父聽說了，特意穿戴古時傳教士的衣帽前來拜訪。那些人目不轉睛地打量後，卻又說『像是像，卻好像有哪裡不對勁』。計畫因此泡湯。」神父很苦惱地說。

（摘譯自〈弱者的救贖〉，《基督徒的故鄉》／遠藤周作）

最後，讓我們來看看「出津」。

我第一次造訪出津，是在風寒徹骨的冬日午後。從長崎市區搭乘巴士，沿著海岸線搖晃了一個多鐘頭時間才抵達。整條路上幾乎沒有其他乘客，簡直成了我個人的專車。

在出津下了車，孤伶伶地站在好大的天與好大的海前。沿著步道往上行，於村莊入口處可見遠藤周作的「沉默之碑」，兩塊大石上刻著沉默的吶喊：

「人，是那樣地悲哀；可是，主啊，海卻是如此的碧藍！」

紀念碑於主曆一九八七年落成之際，遠藤周作曾說「這塊石碑和地點，與我的心極其吻合……它對我而言並非『較佳』，卻是『最好』的文學紀念碑。」

從「沉默之碑」的所在地，可以望見腳下的松林與大海。那是《沉默》中最悲傷的場景之一，被捕後的洛特里哥從林中目睹信徒與同事卡爾倍神父殉道的地方。

■ 出津的「沉默之碑」，遠藤周作落款。

■ 出津的「沉默之碑」。

官差命一名信徒站在船邊，舉起矛柄用力一推。只見那個像人偶般被草蓆層層包裹的身體垂直落入海中，另一名男子也被以迅雷不及掩耳的速度推下。最後，則輪到莫尼加被大海吞噬。剛開始，卡爾倍的頭還像慘遭海難襲擊的船隻碎片般勉強漂浮，卻隨即被小船引發的波浪覆蓋，再也看不見了。

（摘譯自遠藤周作《沉默》）

出津的海與天，總是蔚藍得令人雙眼發疼，幾乎掉淚。就算天空中烏雲密布，強有力的陽光依舊會穿透雲隙，放射狀似地灑落在海面上。我的長崎導師入口先生曾經指著那炫目的光束讚嘆：「瞧，通往天國的梯子！」他的話令我震驚，卻又不知該如何回應。更好說，《沉默》的海與天已一併吞噬了我的語言能力。寒風中，隼鷹如泣如訴地哭嘯盤旋，背後的竹林裡卻又傳來只會發出單音節的鳥鳴，好似有誰正在忘我地敲擊打火石：「喀⋯喀⋯喀⋯」

遠藤周作生前偕同夫人參加「沉默之碑」的落成典禮。後來，順子夫人在書中回憶丈夫當時的模樣：

「他興高采烈，以極其高昂的語氣說：『這海，通往葡萄牙呢！』」

■ 通往天國的梯子（長崎外海）。

遠藤周作文學館

旅途的終點

■ 出津的海。

主曆一九九六年遠藤周作過世時，長崎縣知事前來弔唁，帶來一封故人書信，其中寫道：「我視長崎為自己的故鄉，希望死後能葬在長崎……」雖然如此，家屬深知遠藤周作生前對母親的熱愛，依然決定將他葬在母親及兄長安眠的府中天主教墓園。（遠藤家墳已於主曆二〇一五年十二月遷往東京麴町聖依納爵堂的地下靈堂。）

葬儀結束後，眾人開始討論為遠藤周作設立紀念館之事宜。當時提出了很多候選地，包括周作生前的東京住處、京都、輕井澤、長崎等處。經過漫長的評估，遠藤周作的心靈原鄉長崎雀

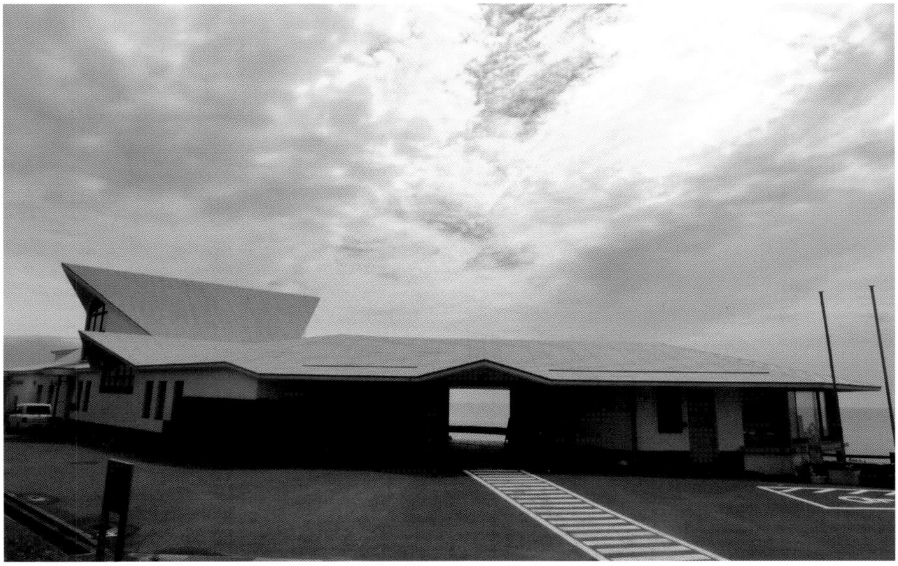

■ 長崎外海地區的遠藤周作文學館外觀。

屏中選，地點則在《沉默》的舞台外海地方。

主曆二〇〇〇年五月，「遠藤周作文學館」正式開館。

長崎西岸的外海地區一向以美麗的夕照聞名，位於黑崎與出津中間的「角力灘」更是箇中之最。文學館的所在地就在角力灘上方的「夕陽之丘」頂端，隔著漁港，可以遙遙望見豎立於出津的「沉默之碑」。此外，倘若遇上能見度良好的晴朗天氣，甚至能遠眺最西端的五島群島，也就是《沉默》書中那個可憐蟲吉次郎的故鄉；他曾經志得意滿地領著神父「衣錦榮歸」，卻也在那裡因恐懼而出賣洛特里哥……。

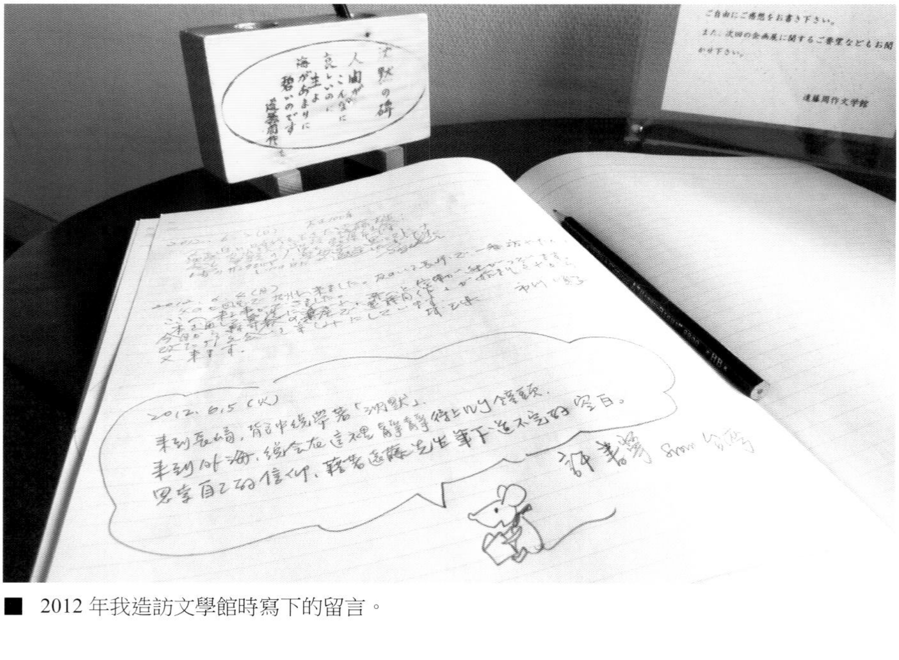

■ 2012 年我造訪文學館時寫下的留言。

「遠藤周作文學館」的外牆以「溫石」堆砌而成。

所謂「溫石」，指的是長崎外海地區最主要的地盤結構，屬於結晶片岩，形狀扁平且易於加工。出津一帶背山面海，能夠耕種的土壤並不多；墾地時挖出來的，除了溫石還是溫石。那樣的地形環境說得好聽是「石材唾手可得」，事實上卻好似人石搶地，難以生存。自古以來，外海地區住的幾乎都是潛伏的基督徒；說穿了，只不過因為別人不屑一顧。基督徒隱身於乏人問津的荒土，日子不好過，卻較容易暗中保守信仰。

長年來，外海居民以溫石砌

■ 遠藤周作文學館外牆。

灶、築牆、建屋。日本向來以木造建築為主，外海的石造景觀堪稱特殊。不過，由海面吹上來的颶風暴雨卻毫不留情，總是將居民辛苦砌成的牆垣瞬間「歸零」。外海人忍氣吞聲，不斷地整地重建，在陡峭的坡地上攀藤植薯，乘著小船在狂風巨浪間捕魚。他們像牛馬般勞

■ 廣受出津人愛戴的多羅神父銅像。

■ 多羅神父時代的傳統農具。

作，像牛馬般死去……直到「多羅神父」來到。

在外海，人人認識「多羅神父」（ド・ロ様）。

「多羅神父」（Marc Marie de Rotz）是巴黎外方傳教會的傳教士，出身法國諾曼第的貴族家庭。他在幕府與天皇政權交替的主曆一八六八年赴日，並於十年後成為外海地區的主任司鐸（任職於出津與黑崎天主堂）。來到外海後，當地居民的悲慘現況讓他震驚：許多家庭因海難喪失主要工作力的男丁，四處都是自生自滅的孤兒或棄子，就連一般人家也因土地貧瘠而過著有一頓沒一頓的生活。於是，多羅神父從零開始興建孤兒院與醫院，更設立女子救助院，繼而培養婦孺遺孀養蠶、紡織、製麵、釀造醬油等一技之長。他還探查地質，教導居民以新方式推砌堅固的石牆，不僅能夠抵抗頑強的海風，也不再因暴雨而崩塌。

現在，外海地區四處可見溫石砌成的「多羅牆」，遠藤周作文學館即為一例。

此外，多羅神父更引進滑輪、水車等先進技

■ 遠藤周作文學館外牆就是用溫石砌成的多羅牆。

■ 嘗試重現多羅神父時代義大利麵的外海人。

術，也試驗出適合種植於貧瘠坡地的麥種。到後來，出津出產的農作物不僅自足，甚至有餘力製造麵包與通心粉，銷售給住在長崎市區的外國人。

我於主曆二〇一二年造訪外海時，一群可愛的當地居民正致力於「重現」多羅神父時代的義大利麵。他們多半是退休人士，願意各盡其力回饋家鄉，遂在坡地上栽種小麥，並以最原始的方式打穀篩糠。我見他們在風中俐落篩麥，好似重現福音中的敘述，一時興起便央求可否也讓我試試。一位大姊笑著遞來簸箕，我奮力一揚，竟迎風吃了滿頭滿臉的糠秕，引起一番大笑。

遠藤周作十分敬愛多羅神父，多次將他與出津的歷史寫入作品。因此，在文學館的附設咖啡館裡，也能找到「多羅麵線」與「多羅義大利麵」等餐點。

每次造訪文學館，我總喜歡坐在咖啡館內消磨一兩個鐘頭的時光。點一盅「多羅麵線」，配著窗外的大海景致緩緩吃下。多羅神父的手打麵線口感介於傳統麵線與義大利麵之間，滑潤卻有彈性；湯頭以飛魚乾熬成，點綴著兩片魚板和一匙天婦羅渣，再隨食客喜好摻加青蔥薑泥或辣椒粉。若以老饕的標準來評斷，那盅清淡的白麵或許稍嫌樸素；不過，來到文學館的人講究的應該不是美食，而在更根源處的歷史與溫情。

歷史，是人。教會，是人。

遠藤周作在歷史中看人，帶著同理心與憐憫之愛。作家說話透過文字，也透

■ 遠藤周作文學館內景。

■ 遠藤周作文學館中的多羅麵線與烤飯糰。

■ 遠藤周作文學館的紀念章。

過字裡行間的空白。那些空白並不是「無」，卻是留給讀者的「有」。

《沉默》的故事，並不止於洛特里哥的棄教。

歷史繼續往前走，踩了踏繪的基督徒也一代代地生活、死去。許多人隱藏在外海地區，終生背負著背叛者的恥辱，掙扎著傳遞信仰。也正是因為他們，日本才有了震驚世界的「信徒發現」事件，信仰的根苗也從未斷絕。遠藤周作曾經大聲宣言：「《沉默》的主角是吉次郎！」他認同那些「殉不成道」的弱者，代他們發言，為他們述說那位一同流淚、一同受苦、一同遭唾棄、一同被踐踏的天主子耶穌。

出津的海，傷感卻美麗。

夕陽下，波浪細緻得好似帶著皺褶的縮緬布料。白浪撞擊海岸，舔拭啃咬著尖銳的黑色岩石。隼鷹哭嘯盤旋的天空下，形狀奇特的小島宛如被置放在石庭中的擺設，安坐於略帶鏽斑的鐵灰色海面上。大海，緩緩起伏，吞吐著原始大地的呼吸。

自幼時起，遠藤少年嘗盡了背叛所愛者的辛酸。他背叛的對象有時是泥鰍，有時是家犬小黑，有時甚至包括最愛的母親。

或許，他之所以能堅持一輩子不放棄信仰，就是出於不想再度背叛母親的心。遠藤常說：殉道者的確偉大，殉不成道的人卻也很痛苦。隱藏的基督徒固然伸腳踩了「踏繪」，卻因此孕育出屹立不搖的信仰。

（摘譯自三浦朱門的追悼演說）

■ 樸實的小村出津。

附錄

「不合身的衣服」——遠藤周作的信仰與苦惱

許書寧

遠藤周作，於主曆一九二三年三月廿七日誕生於東京，是遠藤家的次子。三歲時，隨著父親的職務調動，舉家遷居滿州大連。小學時代的周作已對寫作產生興趣，四年級時的作文〈泥鰍〉，還曾經被刊登在《大連新聞》上。十歲時父母離異，父親再婚，母親則帶著正介與周作兩兄弟回到日本，寄居於西宮市的胞姊家。

在天主教徒姊姊的影響下，周作的母親開始帶著孩子上教堂，並移居至夙川天主堂附近。周作原是個古靈精怪的孩子，照相時從來不守本分、老是扮鬼臉，滿腦子又充滿稀奇古怪的念頭。因此，主日學時代對他而言如魚得水，與一大群年齡相近的孩子在院中玩耍，遠比端端正正地坐在教室裡「聽道理」來得快活多了。他的「惡行惡狀」流傳至今；一直到現在，夙川天主堂的教友們依然津津樂道，經常指著屋頂尖塔，笑著對人說：「遠藤周作小時候調皮，曾經爬到塔頂，讓神父罵了個臭頭！」

主曆一九三五年五月，周作的母親先於任職的小林聖心女中領洗，聖名瑪利亞。同年六月，周作與哥哥一同在夙川天主堂領洗，聖名保祿。

遠藤周作曾經多次在書中描述十二歲時的領洗，是「被母親硬生生套上一件不合身的衣服」。

「在我的少年時期——應該稱之為幸或不幸？——被迫接受了基督宗教的洗禮。之所以使用「被迫」這個被動式語詞，是因為那行為並非出於自己的意願。

……套在我身上的，是母親從店家買回來的成衣，硬是強迫兒子穿上的。

儘管如此，那件衣服對我而言卻一點兒也不合身，有些部位過長，有些部位過於寬鬆，有些部位卻又太短。那種衣服不合身的煩惱，在我到達某個年齡之後，一直緊追不捨地困擾著我。」（節錄自《外邦人的苦惱》）

那件「不合身的衣服」逐漸成為少年周作難以負荷的重擔。不思不想的主日學時代一過，他開始陷入否定與疑惑的情緒中。青年時期的周作多次對信仰產生懷疑，並試圖擺脫那件「衣服」，甚至想將自己體內的基督信仰連根拔除。然而，那些捨棄信仰的嘗試終究以失敗告終，主要原因是出於對母親的愛戀與不捨。

長崎外海地區的遠藤周作文學館中，保留了作家生前愛用的書桌。館方為那張書桌設置了一個特別的角落，將燈光調得昏暗，暖暖地照在擺放稿紙的桌面上。寫作時，遠藤周作喜歡將自己關在狹窄的書房裡；那裡幽暗而潮濕，讓他感覺宛如置身母胎。有時，他甚至會產生母親依然在世的錯覺，以為她就站在座椅背後，靜靜地探頭看他寫字。母親無言的存在並不造成干擾，反而令他心安。

「我像個老派的鐘錶匠，弓著背坐在那個小房間裡。周遭唯一的聲音，就只有座鐘細碎的滴答聲；那樣的聲響，或許正如我尚在胎中時所聽見的母親心跳。」（節錄自《難以入眠之夜所讀的書》）

母親，對於遠藤周作而言，是苦惱與掙扎，也是愛慕與喜樂。母親為愛受苦的臉，在他心中與基督的樣貌相疊，經常在緊要關頭拉扯著他回頭，保護他不致於走得太「偏」。

第二次世界大戰結束後，遠藤周作以戰後第一批留學生的身分出國，隻身來到法國里昂。在那個既沒有大使館，又沒有簽訂和平條約的城市中，青年周作是極為孤獨的。身為戰敗國國民的他既沒有任何朋友，又被種族歧視的衝擊壓得幾乎喘不過氣來。當時，他唯一的「交心」對象，是一隻被關在公園破舊鐵籠中的母猴。身處於籠外的遠藤，在孤單落魄的籠內猴子身上找到了認同。

他們，都是「外邦人」。

後來，遠藤周作罹患肺結核，被迫結束三年的留學生涯。法國雖然是天主教國家，卻讓他感受到極為深刻的「格格不入」。那份疏離感催迫著青年周作，促使他反省並正視被母親硬披上身的那件「衣服」。就在那個時期，遠藤周作開始意識到某種專屬於自己、得靠畢生來完成的「使命」。

「那個『使命』就是：該怎麼將對自己而言距離甚遠的基督宗教，轉變為更切身的存在。換句話說，就是該如何經由自己的手，將母親強迫我穿上的西服，修改成合乎我這個日本人體型的和服。」——（節錄自『外邦人的苦惱』）

回國後的周作全心灌注於寫作，並將那剛啟蒙的「使命」編織成文字。留學時期的苦澀經驗，赤裸裸地顯示在《白色的人》與《黃色的人》兩部作品中。前者得到「芥川獎」，從此奠定了遠藤周作在文壇上的位置。

四十一歲那年，遠藤周作初訪長崎。他在大浦天主堂後山腰的某座洋房裡，偶遇了一幅老舊的「踏繪」，成為日後寫下《沉默》一書的楔子。

所謂「踏繪」，是日本信仰史上極為悲傷的產物。

禁教鎖國的時代，長崎的宗門奉行（專司禁教、改宗等宗教事務的政府單位）為了迫害基督徒，發明了種種「辨識工具」，好將異宗一網打盡。「踏繪」原為畫在紙上的聖像畫，主題通常是十字架、耶穌基督或聖母像。官員們會要求所有人踐踏、咒罵、侮辱並唾汙那幅畫，好證實自己的「非基督徒身分」。後來，紙做的踏繪不堪使用，於是演變為更「耐用」的銅版浮雕，牢牢鑲嵌於厚重的木框內。

■ 踏繪，許書寧繪圖。

遠藤周作在長崎見到的那幅踏繪，由於遭受過多踐踏，銅版上的基督臉孔已被磨平，原有的莊嚴容貌不復得見；取而代之的，卻是顯露於不堪與憔悴間的深沉悲傷。除此之外，他更注意到環繞銅版的木框上，留有許多宛若指痕的黑色印記。那些黑色痕跡深深地刻印在作家心底，並在往後生命中不斷浮現，彷彿催促著他正視三個問題：首先，倘若自己活在同一時代，是否也伸腳踩了踏繪？其次，留下那些黑色指印的人們，踩下時懷著什麼樣的心情？最後，踩上踏繪的又到底是怎麼樣的一群人？

在那之後，他開始閱讀大量相關書籍文獻。叫他驚奇的是，書中卻找不到任何「棄教者」的身影。被記錄成文字留下的，往往只有自始至終秉持信念，在璀璨光榮中殉道的「強者」；相對之下，那群雖然滿心不願意，卻沒有足夠勇氣殉道，最終屈服於現實，踩上踏繪的「弱者」，卻在歷史洪流中被活活掩埋了。就好像，他們從來不存在……。

那時，我感覺似乎找到了什麼線索，能夠縮短長年來一直困擾自己的距離感——也就是「基督宗教與日本」，或者該說是「基督宗教與我」之間的距離感。

此外，也是從那個時候開始，我逐漸意識到唯有藉著文學的力量，才能喚醒那些被政治與歷史因素埋沒在沉默灰燼中的弱者們，讓他們有機會重新「活起來」、站立行走、並發出足以被聽見的聲音。對我而言，撰寫那樣的小說是有意義的。（節錄自《外邦人的苦惱》）

遠藤周作認同那群信仰中的軟弱者，因為他謙遜地明白，自己其實也是「其中一個」。在他的筆下，耶穌基督經常以軟弱且貧窮的容貌出現：或許是集中營中陪著死刑囚害怕恐懼以致於尿溼褲子的身影，也或許是因著本性的善良而被欺凌至死的傻瓜……。藉著反省自己的信仰經驗，以及種種苦惱中的領悟，遠藤周作透過多彩的作品描繪他眼中的基督，是沒有俊美也沒有華麗，受盡侮辱被人遺棄，容貌損傷得不像人子的存在。然而，祂卻也熟悉一切苦痛；因為，我們所受的苦，祂都一起受了。

《沉默》書中，當棄教司鐸洛特里哥顫抖著將腳伸至踏繪上方，即將踩上那張他以全部生命深愛著的臉時，感受到腳底有股劇烈的疼痛。他彷彿聽見耶穌的聲音說：「你腳下的痛，我比誰都知道。」此外，透過那個卑劣可憐的出賣者吉次郎，遠藤周作更在深沉的憐憫中，讓他發出無言的吶喊：「究竟又有誰能斷言，弱者所受的苦會比強者少呢？」

在嚴厲的鎖國與宗教肅清之下，日本國內的基督信仰表面上已被除盡。然而，卻有一群偽裝成佛教徒的「潛伏基督徒」，每年強忍著心中與腳下的刺痛，在官差面前踐踏「踏繪」，回家後帶著眼淚以苦鞭擊打己身，忍氣吞聲地將信仰默默傳承下去。兩百五十多年後，德川幕府垮台，法國外方傳教會的神父們重返日本建築聖堂，在長崎大浦天主堂與隱藏的基督徒相會。那場史無前例的「信仰復活」，震驚了全世界。

殉道者們的鮮血，成為信仰的種子。在漫長的黑暗中懷著希望等待，並使那種子發芽開花結果的，則是那群被歷史灰燼掩埋、背負著背教者汙名、含淚踐踏踏繪的弱者。

遠藤周作尊敬強者的勇氣，也認同弱者的苦痛。因為，他們都是基督徒，身上穿的也都是基督。衣服，只有一件。或許帶有西服外貌，也或許呈現和服剪裁；然而，當外表被磨得失了形狀之後，呈現在內裡的，卻是基督徒共有的樣貌。

那樣貌，肖似於祂。

（本文刊登於二〇一四年四月《宇宙光雜誌》復活節特刊）

遠藤周作相關年譜

（許書寧整理）

一九二三年（〇歲）　三月二十七日誕生於東京巢鴨，為遠藤家次男。

一九二六年（三歲）　因父親工作調動，舉家遷往滿州大連。

一九二九年（六歲）　進入滿州大連市大廣場小學就讀，成績平庸，唯獨作文能力極佳，作品曾被刊登於《大連新聞》上。

一九三三年（十歲）　遠藤雙親離異，兩兄弟隨母親郁子返國，投靠兵庫縣之姨母家。受到姨母影響，母子三人開始定期造訪夙川天主堂。

一九三五年（十二歲）　遠藤兄弟於夙川天主堂受洗。周作的聖名為「保祿」。

一九四三年（二十歲）　考取慶應義塾大學文學部預科。

一九五〇年（二十七歲）　以戰後第一批公費留學生身分出國，就讀於法國里昂大學。

一九五三年（三十歲）
罹患肺結核，中斷學業返國。十二月，母親郁子腦溢血猝死。

一九五五年（三十二歲）
小說《白色的人》獲第三十三屆芥川獎。九月，與岡田順子結婚。

一九五七年（三十四歲）
發表長篇小說《海與毒藥》，獲得極高肯定與多項文學獎項，正式確立其文壇地位。

一九五九年（三十六歲）
首度發表以切支丹（基督徒）為主題的小說《最後的殉教者》。

一九六〇年（三十七歲）
再次因肺結核住院，開始長達兩年的養病生活，經歷過三度重大手術。療養期間，第一次見到訪客帶來的紙本「踏繪」，開始對潛伏基督徒歷史產生濃厚興趣。

一九六六年（四十三歲）
發表《沉默》，引發天主教會軒然大波，毀譽參半，曾被視為「禁書」。同年，此書獲得谷崎潤一郎獎。

一九七〇年（四十七歲）
獲教廷頒發聖希爾維斯特 ordo Sanctus Silvestri Papae 騎士團勳章。

一九七一年（四十八歲）　《沉默》首度被改編成電影上映。

一九八七年（六十四歲）　於《沉默》的舞台長崎外海町豎立「沉默之碑」。

一九九一年（六十八歲）　獲臺灣輔仁大學頒贈名譽文學博士學位。

一九九三年（七十歲）　因腎臟病住院。發表長篇小說《深河》。

一九九六年（七十三歲）　九月二十九日過世。《沉默》與《深河》二書伴其長眠。

二〇〇〇年　長崎外海町之「遠藤周作文學館」開館。

《沉默之後》參考書目

遠藤周作個人著作：

《沈默》（沉默）。東京：新潮社文庫，1966。
《深い河》（深河）。東京：講談社文庫，1996。
《切支丹の里》（基督徒的故鄉）。東京：中央公論新社文庫，1974。
《切支丹時代　殉教と棄教の歴史》（切支丹時代　殉道與棄教的歷史）。東京：小学館ライブラリー，1992。
《満潮の時刻》（滿潮的時刻）。東京：新潮社文庫，2000。
《最後の殉教者》（最後的殉道者）。東京：講談社文庫，1984。
《母なるもの》（母親）。東京：新潮社文庫，1975。
《走馬燈 - その人たちの人生》（走馬燈～那些人的人生）。東京：每日新聞社，1977。

其他相關著作：

遠藤順子著，《夫の宿題》（丈夫的習題）。東京：PHP 研究所，1998。

Léon Pagès 著，吉田小五郎譯，《日本切支丹宗門史　下巻》（日本基督信仰史　下）。東京：岩波書店，1940。

Luís Fróis 著，松田毅一、川崎桃太譯，《完訳フロイス日本史》（佛洛伊斯之日本史全譯本）。東京：中央公論新社文庫，2000。

遠藤周作　藝術新潮編輯部編，《遠藤周作と歩く「長崎巡礼」》（與遠藤周作同行「長崎朝聖」）。東京：新潮社，2006。

カトリック「日本二十六聖人長崎への道」ネットワーク編著，《日本二十六聖人長崎への道巡礼マップ》（日本二十六聖人～通往長崎之路　地圖集）。東京：カトリック中央協議会，2013。

結城了悟著，《26聖人の殉教史　長崎への道》（26聖人的殉道史　通往長崎之路）。長崎：二十六聖人紀念館，1962。

結城了悟著，《キリシタン蕾　殉教した子どもたち》（基督徒的花苞　殉道的孩子們）。長崎：二十六聖人紀念館，2002。

結城了悟著，《ザビエルからはじまった　日本の教会の歴史》（從沙勿略開始的　日本教會史）。東京：女子パウロ会，2008。

Clodoveo Tassinari ＳＤＢ著，《殉教者シドッティ　新井白石と江戸キリシタン屋敷》（殉道者希多啟　新井白石與江戸基督徒宅邸）。東京：ドンボスコ社，1941，2012。

谷眞介著，《江戸のキリシタン屋敷》（江戸的基督徒宅邸）。東京：女子パウロ会，1984。

谷眞介著，《外海の聖者ド・ロ神父》（外海的聖者　多羅神父）。東京：女子パウロ会，2014。

長崎市遠藤周作文學館刊行之展覽特刊：

遠藤順子、加藤宗哉、高橋千劍破監修，《第4回企画展　遠藤文学と長崎～西洋と出会った意味》（第四回企劃展　遠藤文學與長崎～與西方相遇的意義）。長崎：長崎市遠藤周作文學館，2006。

池田靜香編，《第7回企画展　遠藤周作と長崎～心の鍵が合う街》（第七

回企劃展　遠藤周作與長崎～心之鑰契合的城市）。長崎：長崎市遠藤周作文學館，2012。
北村沙緒里編，《第8回企画展　遠藤周作と歴史小説　『沈黙』から『王の挽歌』まで》（第八回企劃展　遠藤周作與歷史小說～從《沉默》到《王之輓歌》）。長崎：長崎市遠藤周作文學館，2014。

文中引用之聖經經文版本：天主教思高聖經學會中文譯本

文中引用之日文著作，由作者許書寧翻譯。

キリシタン禁
切支丹の里
遠藤周作
母なるもの 遠藤周作
満潮の時刻
深い河
将軍義輝
自由都市

母なるもの 遠藤周作
満潮の時刻

財團法人天主教善牧社會福利基金會
GOOD SHEPHERD SOCIAL WELFARE SERVICES

電子發票捐善牧，
發揮愛心好輕鬆

您的愛心發票捐，可以幫助

受暴婦幼　得到安全庇護

未婚媽媽　得到安心照顧

中輟學生　得到教育幫助

遭性侵少女　得到身心保護

棄嬰棄虐兒　得到認養看顧

消費刷電子發票
捐贈條碼
愛心碼：
8835（幫幫善牧）

102年起消費說出
「8835」
（幫幫善牧）
愛心碼

當您消費時，而店家是使用電子發票，您只要告知店家說要將發票捐贈出去，或事先告訴店家你要指定捐贈的社福機構善牧基金會8835，電子發票平台就會自動歸戶這些捐贈發票，並代為對獎及獎金匯款喲！

消費後也能捐贈喔！

如何捐贈紙本發票？

- 投入善牧基金會「集發票募愛心」發票箱
- 集發票請寄至：台北郵政8-310信箱（侯小姐：02-23815402分機218）

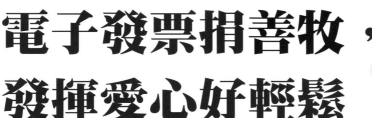

國家圖書館出版品預行編目（CIP）資料

沉默之後／許書寧 著
— 初版 . — 臺北市：
星火文化，2016.11
面； 公分 . —（為愛旅行：3）
ISBN 978-986-92423-6-3（平裝）

861.57　　105017734

為愛旅行 003

作者／許書寧
封面圖素及內頁攝影插圖／許書寧
封面設計及內頁版面構成／ Neko
主編／劉宏信
總編輯／ 徐仲秋

出 版 者　星火文化有限公司
台北市衡陽路七號八樓

營運統籌　大是文化有限公司
業務・企劃　業務經理／林裕安
業務專員／馬絮盈
業務行銷／李秀蕙
行銷企畫／徐千晴
美術編輯／林彥君
讀者服務專線：（02）2375–7911 分機 122
24 小時讀者服務傳真：（02）2375–6999

香港發行　豐達出版發行有限公司
Rich Publishing & Distribution Ltd
香港柴灣永泰道 70 號柴灣工業城第 2 期 1805 室
Unit 1805, Ph. 2, Chai Wan Ind City, 70 Wing Tai Rd,
Chai Wan, Hong Kong
電話：21726513 傳真：21724355
email：cary@subseasy.com.hk

印　　刷　韋懋實業有限公司

2016 年 11 月初版
2022 年 12 月初版 2 刷
I S B N 978–986–92423–6–3

Printed in Taiwan

定價／ 320 元